人が好き

高見 けい TAKAMI Kei
カバーイラスト　川越 千子

文芸社

人が好き　目次

旅

戦争

日常

旅

１９９０年前後の様子が書かれています。

地図のない旅

1989年秋。世界があっと驚いた。長い間、東西ヨーロッパを分断していたベルリンの壁が落ちたのだ。

その数ヶ月ほど前の6月、野坂歩はバックパッカーとして、ギリシャの首都、アテネにいた。アテネ—北京と飛ぶつもりでいたが、天安門事件が起こり、北京に行くことができなくなってしまったのだ。仕方がない。ユーゴスラビアにでも行ってみるか。バックパッカーはお気楽だ。中国がだめなら他の国を回ればいいのである。歩はアテネのラリッサ駅からひょいと国際列車に飛び乗った。地図もガイドブックも持たずに……。

ユーゴスラビアへ

夕方、ようやくユーゴスラビアの首都、ベオグラードの中央駅に到着した。まず、駅構内の両替所で米ドルからユーゴスラビアの通貨、ディナールに両替した。

駅の改札口を出ると、いるわ、いるわ、宿の呼び込み屋たちが。なぜか若者は見当たらず、ほとんどが中年の男性と女性だ。歩のところにも数人やって来て、何やらわめき出した。彼らがしゃべっているのは、セルボ＝クロアチア語かスロベニア語らしい。そして、彼らが話せる外国語はなんとドイツ語。これは意外だった。いや、きっとガイドブックを持っていれば、これくらいの前情報は得られたのだろう。歩は不幸にも、現地語もドイツ語も何ひとつ分からなかった。そうこうしているうちに、ダニエルと名乗る男性の宿に泊まることになってしまった。

中央駅からダニエルと二人、歩いて5分。ダニエルのホテルに到着した。

——あら、ダニエルさん。これはホテルじゃないでしょう。アパートっていうのよ！

歩は心の中で不満を漏らした。

そこはアパートの半地下の一室だった。歩が想像を働かせたところ——なんせ言葉が通じないから複雑な事情を尋ねることができない——このような結論に達した。ダニエルのホテルというのは名ばかりで、彼がこのアパートの一室を所有し、そこをホテルと称して使っているのではないか。

——まあ、いいや。寝られれば。もう、暗くなってきたし、これからホテルを探すのは危険だ。

歩はそう思って、ダニエルに145,000ディナール（約千円）を払って部屋の鍵をもらった。すると、彼は別れ際に変なことを口走った。

「ポリース、ポリース、ノープロブレム」

と片言の英語で。

「何？　ポリース？」

歩が聞き返したが、彼は
「ノープロブレム。オーケー」

と言いながら、逃げるように行ってしまった。

部屋に一歩踏み込んだ。唖然……。そこはかなり広い部屋だった。少し大き目のベッドが二つ、並んで置いてあった。ベッドの脇には、日本ではすでに20年以上も前に使われなくなったゴツいタイプのテレビが置いてあった。置いてある物といえばそれだけで、とにかく物がないので広い部屋が余計ガランと見えてしまう。

もう、日も暮れてきた。半地下で薄暗いので電気をつけよう。そう思って壁のスイッチを押した。つかない。もう一回押した。まだ、つかない。電灯の下に行ってみた。

——やっぱり……。

電球が抜かれていた。

——東欧は電気も不足しているんだな。

念のため、埃をかぶったテレビもチェックしてみた。壁からコンセントが飛び出していて壊れていた。

気を取り直してシャワーでも浴びるか。歩は浴室にまわった。バスタブのないシャワーだけの浴室だった。蛇口をひねった。お湯が出てきた。

——うっそ？

電球もないホテルだから、当然、シャワーも水だと思っていた。

——やったー。

と一瞬喜んだが、待てよ、待てよ、と思い直した。

以前に別の国で安宿に泊まった時のことだ。水シャワーだったが、全身に石鹸を塗りたくり、髪までシャンプーを泡立てた。さあ、流そう、と思った途端、水が止まってしまったのである。理由は分からなかったが、どうやら水が無くなったようだった。

そう、歩はその時の苦い経験を思い出した。しばらくお湯を出しっ放しにしてみよう。

そう思って、もう一度蛇口をまわした。なんのことはない。一秒もしないうちに、チョロチョロと水量が減り、後はさっぱり出なくなってしまった。水さえも。

——あー、慌てて裸にならなくてよかった。

もう、することがない。部屋の中は真っ暗なので、本も読めないし日記も書けない。寝るしかない。そう思って布団にもぐりこんだ。時刻はまだ20時。だが大丈夫。歩はものすごく疲れていたのですぐ寝入ってしまった。

その晩、訪問者があった。

ドン、ドン、ドーン。突然の騒音に歩は飛び起きた。窓から漏れてくる月明かりで腕時計を見た。夜中の0時30分。

——何ごとだ？

こうやって時刻をチェックしている間も騒音は鳴り止まない。ドン、ドン、ドーン。よく聞くと部屋のドアを叩いている音だった。そして音と音の合間には数人の男たちの太い声が混じっていた。男たちは何語か分からなかったが、何か大声でわめき散らしていた。

——誰？　なんなの？

ぼんやり派の歩だが、この時ばかりは全身がこわばった。パスポートと財布を持ち、ベッドの陰に隠れた。

――今頃いったい誰だろう？　泥棒や殺人犯だったら、ドアを叩いたりせずにソッと入って来るにちがいない。じゃ、ただの酔っ払いか？　まさか殺される、なんてこともないだろうが……。

こんな考えが1秒くらいの間に頭の中を駆け巡った。

はじめは歩も気が動転していて男たちのわめき声をよく聞かなかった。しかし落ち着いて聞いてみると、時々「ポリース」とか「オープン」とか怒鳴っているようだ。

――警察か？　だったらドアを開けようか。いや、だめだ。警察と名乗って、とんでもない奴が入って来るかもしれない。ドアは絶対に開けない。

そう決心した。そして、息を殺してベッドの陰にうずくまった。

男たちはしばらくの間、怒鳴り、わめき散らしていたが、諦めたのだろうか。急に静かになった。時計を見た。0時45分である。

――なんだ、たった15分間の出来事だったのか。

あまりにも驚いたので、1時間くらいの事のように感じられた。気がつくと全身、汗びっしょりになっていた。

――ヤレヤレ。なんというホテルだろう。明日、ダニエルに鍵を返す時、うんと文句を言ってやろう……。

翌日、この事件が偶然ではなく必然的に起こった、ということが判明した。


翌朝、6時半。ドン、ドン。部屋のドアを叩く音がした。

「グッドモーニング」

ダニエルの声だ。

――なんだ。いやに早いな。

と思いながらドアを開けた。ダニエルが清々しい表情で立っていた。どうやら部屋の鍵を歩からもらいに来たらしい。

――もう？　まだ朝の6時半じゃない。朝の6時半にチェックアウトしなきゃいけないホテルなんて聞いたことないわ。

と少々不満な顔をした。が、歩もこんな部屋に長くは居たくなかった。早々に身支度を整え、部屋を出ることにした。

――鍵をダニエルに渡す時、昨晩のことを言ってやろう。

そう、意気込んでダニエルにむかった。

「ダニエルさん、昨晩ね」

歩は身ぶり手ぶりを交え、昨晩のできごとを英語でまくしたてた。ダニエルは分かったのか、分からなかったのか、鍵を受け取ると、

「オー、サンキュー。バイバーイ」

と逃げるように行ってしまった。

――なんだ、あいつは。不愉快な男だ。こっちは昨晩たいへんな思いをしたというのに。

ぶつぶつと文句を独り言のように言ってみたが始まらない。ダニエルは行ってしまったのだから。仕方がない。気持ちを切り替えよう。

今日は、ユーゴスラビアのお隣の国、ルーマニアに行く準備を整えなければならない。

ルーマニアのビザを取ったり、汽車のチケットを購入したり……と忙しいのだ。ダニエルどころではないのだ。

ルーマニア行きの列車に乗る

夕方、歩はベオグラードの中央駅からルーマニアの首都、ブカレスト行きの列車に乗った。その列車の中で、やはり東欧を一人旅しているアメリカ人女性に会った。

東欧では、といってもまだユーゴスラビアしか知らないが、とにかく旅行者を見かけない。旅行者だけでなく、外国人そのものを見かけない。現地の人は英語が喋れないし、比較的英語の達者な旅行者や外国人は全くいない。これでは旅の情報を得ることができないではないか。地図もガイドブックも持たない歩にとって、この状況はかなり厳しいものだった。ところが幸運にも、歩はこの英語を話すアメリカ人女性から、列車の中でいろいろなことを教えてもらった。

久しぶりに話らしい話ができるので、歩はものすごく嬉しかった。つい饒舌になり、昨夜のドン、ドン騒ぎのことを彼女に話した。

「それは警察よ」

と彼女はあっさり言ってのけた。

「あら、どうしてそんなことが分かるの？」

「あなたは何も知らないのねえ？」

彼女は少々あきれた表情で歩のことを見た。

彼女の説明によるとこうだった。東欧は、国によって多少の違いはあるものの、基本的に外国人が自由に泊まるのを嫌がる国だそうだ。ようするに、国が指定する一泊100ドルも150ドルもするホテルに泊まって、外貨をその国に落としなさい、という仕組みになっているらしい。したがって、ダニエルをはじめ、ベオグラードの駅前にたむろしていた客引きたちは、大方サイドビジネスとして外国人を自分のところに宿泊させているのだろう。その中でも国が認めている「プライベートルーム」と呼ばれている民家と、国の認可もないのにそれをただ真似て違法行為をしている民家とあるそうである。ダニエルの場合は状況から察すると違法行為者の方ではないか。

——なるほど。だから夜警察がチェックに来たのか。そしてダニエルは朝、仕事場へ行く前に鍵をとりに来たにちがいない。だからあんなに早い時刻だったのだ。

などと、いやな奴のはずなのに歩は妙に感心していた。

「ところで、あなたはホテルのレシートをもらった？」

と彼女が聞き捨てならぬことを言い出した。

「ん？　レシート？」

「そうよ。ホテルのレシートよ」

「ないわよ。だって私はダニエルの……」

「それはまずいわねえ」

「えっ？　まずいって？」

「だって、それじゃあ、あなたはちゃんとしたホテルに泊まったという証拠を持っていないことになるじゃない。だとしたら、違法民家に泊まったのかって疑われても仕方がないわね。まあ実際、違法民家に泊まったも同然だけどね」

——なるほど。これはやばいな。

歩は内心、東欧諸国を甘くみていた、と深く反省した。こうなったら仕方がない。ちゃんとしたホテルに泊まった。だけどレシートは失くしてしまった。もう、これで通すしかない。誰がなんと言おうとレシートは失くしたことにしよう。

もうすぐユーゴスラビアとルーマニアの国境だ。焦るな、焦るな、落ち着け、落ち着け。ようするに、東欧政府が嫌がっていることをしなければよいのだ。政府が嫌うことということ、
1、外貨や西側の贅沢品が流れ込むこと

2、スパイ活動や啓蒙活動の結果、西欧の知識が流れ込むことぐらいだろう。1に対しては、ただただ貧乏を訴えればいいのだ。今着ている服はボロボロだし、実際お金もたいして持っているわけではない。これは大丈夫だろう。だからほんとうに貧乏なのだ。2に対してはどうだろう？　英語なんか喋っちゃあだめだ。教育なんかろくすっぽ受けていないアホ面をするんだ。よし、対策は決まったぞ。後は度胸とハッタリよ～。

ユーゴスラビアの出国国境

まず、ユーゴスラビアの国境に到着した。到着したといっても、日本のような賑やかな駅を想像してはいけない。ただのだだっ広い原っぱに突然、列車が止まったというかんじだ。と同時にドヤドヤと係官が入ってきて、車外に逃げる人を防ぐため列車のドアを全部閉め、隠れる人を防ぐため車内のトイレにも全部鍵をかけてしまった。お～、緊張した雰囲気が流れる。列車は悠に1時間は止まっていた。

西欧の列車での国境越えは簡単だ。列車は走ったままで、国境付近にくると係官が乗客の席にやってきて、パスポートや汽車のチケットを調べるだけだった。やはり東欧は全く違う。

係官が歩のところにも来た。

「パスポート」

「はい」と手渡す。問題なし。

「汽車のチケット」

「はい」問題なし。

「ホテルレシート」

「れ、れしいいいいと？」

レシートという言葉の意味が分からないような曖昧な言い方をした。その時に目をそらせちゃあだめだ。怪しまれる。係官の目をつぶらな瞳でじっと見て、困ったという表情をする。係官は両指で小さな四角を作って、もう一度言った。

「ホテルレシート」

「ああ」

私は思い出したように、おもむろに財布から両替をした時のレシートを取り出した。

――神様、ご加護を！

係官は両替レシートをしげしげと見ていたが、

「オーケー」

と言って、次の人のところへ行ってくれた。

——やったぁ〜。

無事、ユーゴスラビア出国審査合格！　隣のアメリカ人女性にガッツポーズをしてみせた。彼女は一瞬ニコッと笑ってくれたが、すぐに険しい顔になってしまった。

「どうかしたの？」

彼女の反応が思いの外冷たかったので、顔を覗き込んだ。

「問題はルーマニアよ」

と彼女はため息をついた。

「何が問題なの？」

歩はまた不安になってきた。

「ルーマニアはユーゴスラビアの比じゃないわ。東欧の中で一番っていっていいくらい社会主義が強い国だから」

そうだ。ルーマニアは、あの極悪独裁者、チャウシェスクが国民を苦しめている国だった。

彼女の説明によるとこうだった。ルーマニアに入国する時は、持っている貴重品を全部申告しなければならない。闇取引を防ぐためだ。具体的な例を挙げると、入国時に腕時計を申告したとしよう。出国時にもチェックがあり、腕時計を持っていれば問題がないのだが、持っていないとルーマニア国内で売った、と疑われ警察のお世話になるらしい。

――そうか。どうしよう？

一難去ってまた一難とはこのことだ。腕時計はどうでもいい。問題はカメラだ。歩のカメラは小型カメラでポケットに入るくらい小さい。このカメラをバカ正直に申告するかどうかだ。社会主義国では写真撮影がうるさく、撮影禁止の所でうっかり撮影しようものなら警察に捕まる、という話をよく聞く。カメラがきっかけになって、今まで撮ったフィルムも見せろ、と言われたらどうしよう。今回の旅でフィルム十数本分の写真を撮ってきたが、これが今の歩にとっては何よりの貴重品だ。

歩は申告しないことにした。リュックを開け、他の乗客に見えないように気を配りながら、カメラとフィルムを係官が一番触らないであろう女性下着でくるみ、リュックの底に押し込んだ。

――もう、知らん。後はなるようになれだ！

ルーマニアの入国国境

列車が動き出した。数百メートル走ったかと思うと、もう停止した。今度はルーマニアの国境だ。

場所の様子は同じだ。ただの原っぱに停止しただけだ。しかし、今回は社会主義の強いルーマニアだけあって、3時間はたっぷりと止まっていた。停止と同時に、ドヤドヤと係官が列車に乗り込んできた。

とその時だ。同じコンパートメントにいる何人《なにじん》だか分からない中年男性が、ボストンバッグを預かってくれ、と言ってきた。冗談じゃない。自分のカメラだけでも持て余しているのに、そんな誰とも分からない人の荷物なんか預かれるわけがない。

「だめ！　絶対に、絶対にだめ！」

と大声で怒鳴った。その時だった。バーン。コンパートメントのドアを係官が勢いよく開けた。おー、万事休す。

係官はまず、その何人だか分からない男性に近づいた。彼のボストンバッグのチャックを手際よく開けた。数本のジーパンがぎゅうぎゅう詰めに入っていた。ジーパンの闇トレーダーだったのだ。彼は両手を後ろに回され、係官と一緒に列車を降りて行った。窓の外に目をやると、彼と同じ理由なのか、数人の男たちがやはり両手を後ろに回され、係官と一緒に原っぱのむこうに歩いていく。

こちらは……というと、例のアメリカ人女性も苦労していた。彼女のカメラは望遠レンズがついている立派なものだった。彼女は、自分はただの旅行者でなんでもない写真を撮るだけだ、と主張しているのだが、なかなか信じてもらえないらしい。

歩はといえば、この一連の出来事の間中、椅子の隅に縮こまって恐怖に怯えているといった少々演技がかった態度をとっていた。係官が歩のところにも来た。パスポート、ビザ、チケット、申告腕時計のみ。あっさりと終わってしまった。リュックの中も見ずに。

ほっと一息つくやいなや、でっぷりと太った中年女性がコンパートメントのドアを無造作に開け、遠慮なく入ってきた。彼女は、赤ずきんちゃんが持っているような大きなバスケットを携え、大声で怒鳴り出した。

「両替、両替」

——何？　両替？

歩はまたアメリカ人女性に目で問いかけた。彼女は小声で口早に答えてくれた。

「強制両替よ。ルーマニアは1日につき10ドルの両替をしなくちゃいけないの」

――強制両替……知らなかったなぁ。こんなことがあるのか。

歩は強制両替については何も対策を練っていなかったので焦った。が、中年女性はそんなことはお構いなしにぶっきらぼうに質問してきた。

「何日？」

――何日間ルーマニアに滞在するのか、という意味かしら？

ここでまごまごしていると怪しまれる。

「3日」

と適当に答えた。

「30ドル」

――えっ？　今、ここでこのわけの分からないおばさんにトラベラーズチェックを切らなきゃいけないのか？

隣のアメリカ人女性を見ると、さすがに彼女も躊躇していた。

「早く、早く」

おばさんはイライラしながらせまってきた。仕方がない。他に方法もない。おばさんに30ドルの小切手を渡した。

「パスポート」

――えっ、パスポートも渡すのか？　大丈夫か？

しかし、これも仕方がない。言われるままだ。おばさんに渡すと、そのバスケットの中に入れて行ってしまった。と入れ違いに車掌らしき人が入ってきた。

「マルボロ」

そう言いながら手をつき出した。

――なんだ、これは？　特権を利用した物乞いか？

手持ちのケントを数本渡したら、嬉しそうに去って行った。

――ヤレヤレ、なんという国境越えだ。

結局、おばさんは2時間後にパスポートを返してくれ、ルーマニアには無事めでたく入国できた。

船上のピアニスト

熱いカフェオレをすすって、ほっと一息つく。ここはオランダ、アムステルダム、中央駅構内のカフェテリアだ。夕方というだけあって、カフェテリア内は大勢の客で賑わっていた。

――今日は一日中、アムステルダムの町を観光して疲れたな。それに四月とはいえ、けっこう寒かった。ここで軽い夕食でもとって、夜行列車に乗るとしよう。

そんなことを考えながら、サンドイッチをつまんだ。とその時である。誰かが私のことを見つめているような、そんな気配を感じた。顔を上げてみる。向かい側の席に、おじいさんが一人ポツンと座っていた。そのおじいさんが私のことを瞬きもせず、ジッと見ていたのである。ふっと視線が合った。私は反射的にニコッと笑った。すると、おじいさんも目尻に皺を寄せ、ニコッと笑って話しかけてきてくれた。

「あなたは中国人かな？」

「いいえ、日本人よ」

　おじいさんは英語があまり上手ではなかった。

「日本人かぁ。日本人はみんな、そんな小さな手をしているのかな？」

「手？」

　あまりの唐突な質問にびっくりし、私はおじいさんが何を言おうとしているのか、咄嗟には理解できなかった。おじいさんの顔を見た。おじいさんは、そう、そうと頷いている。

「手が小さいなんて言われたことないけれど、そんなに小さいかしら？」

「うん、うん、とっても小さい」

「じゃあ、おじいさんの手を見せてくれる？」

　おじいさんは両方の手の平を広げて見せてくれた。たしかに大きい。親指の先から小指の先まで優に30センチはあった。

「ほーんと、おじいさんの手は大きいのねぇ」

　私はすっかり感心してしまった。

「僕はピアニストだったんだ。それも豪華客船の」

　私は豪華客船のピアニストと言われても、すぐには鮮明なイメージを思い浮かべることができなかった。私が気の利いた相槌を打てなかったためだろう。おじいさんはさらに説明を続けてくれた。

「大きな立派な船に乗って世界をまわるんだ。その船の中でお客さんのためにピアノを弾くんだよ。たしか、日本の方にも行ったことがあるような気がするな」

「素敵ね。豪華客船のピアニストだったなんて。おじいさんは素晴らしいお仕事をなさっていたのね」

おじいさんは久しぶりに昔の華やかだった頃を思い出したのだろう。このうえもなく嬉しいという表情をしている。

なぜなら、その時のおじいさんは芳しいポマードで髪を整えていたわけでもなく、パリッとしたタキシードに身を包んでいたわけでもなかった。使い古しの帽子をテーブルの隅に置き、ボタンのとれたよれよれコートの前たてを片手でぎゅっとつかんでいたからだった。

「船に乗って世界中いろいろな所へ行ったが、アムステルダムが一番美しい町だな」

おじいさんはしみじみとつぶやいた。

「そうね。私も貧乏旅行しながらいろいろな国をまわったけれど、日本が一番美しい国だと思うわ」

二人は顔を見合わせ、ハッハッハッと声をたてて笑った。

「おじいさんの住所を教えてくれたら、日本の絵葉書を送るわ」

そう言って、私は自宅の住所を紙に書き、おじいさんに差し出した。他人の住所を訊く前に自分の住所を渡すのが礼儀だと思ったからだ。おじいさんは快く住所を書いてくれた。

「ありがとう。私はこれから汽車に乗らなくちゃいけないから。必ず手紙を書くわね。お話しできて楽しかったわ。さようなら」

そう言っておじいさんと別れた。ほんの十五分ほどの会話だった。


その後十二年間、おじいさんと文通が続いた。おじいさんは英語が得意ではないので、複雑なことは書けなかった。いつも一枚の便箋に震えた字で簡単なことが書かれてあった。アムステルダムのアパートに一人で暮らしていること、今日は天気が良かったから野菜を買いに行ったこと、隣に住んでいる人とおしゃべりをしたことなど、たわいもない生活の様子が淡々と綴られていた。

ある日、私が送った手紙が戻ってきた。

——あら？　おじいさん、引っ越したのかしら？

そう思いながら封筒を裏返した。そこには手書きで「PASSED AWAY（亡くなりました）」と書かれてあった。

知らなかったあの単語

スペインを旅するのは、私にとって特別の意味がある。大学時代に第二外国語としてスペイン語を勉強したからだ。初級レベルとはいえ、片言でも喋れるようになると試してみたくなるもので、私はすぐさまスペインへと旅立ってしまった。無鉄砲にも西語辞書も何も持たずに……。

スペイン北東部に位置する、ガウディのサグラダ・ファミリア教会で有名なバルセロナから、19時20分発の夜行列車に乗った。行き先は、スペイン中央部に位置するアルカーサルだ。ヨーロッパの列車はコンパートメント式になっていて、一つのコンパートメントに三人ずつ向かい合って座るレイアウトになっている。

列車は空《す》いていた。私の乗ったコンパートメントには、私の他に二人の中年男性が窓際に向かい合って座っているだけだった。二人の男性はがっしりとした体型で、肌は茶褐色に日焼けしていた。そして無精ひげを生やし、いかにもラマンチャ風といった体裁だった。ラマンチャ（La Mancha）とは、スペイン中南部の高原地方をさす言葉で、そこに暮らす男たちは、ドン・キホーテのような勇猛果敢な闘士たちといわれている。

二人は友人なのだろうか。私などにはお構いなしにスペイン語で楽しげに話している。時々ワッハッハッハッとさも愉快そうに笑いながら。

そうこうしているうちに、二人がほぼ同時に煙草を吸い始めた。煙の匂いは非常にきつい。

——あっ、これがスペイン語のテキストに出てきた「ネグロ」という煙草か？

私は内心ワクワクした。ネグロとはスペイン語で黒を意味する。煙草に使う時は「タバコネグロ」といい「黒味がかった強い煙草」を指す。このタバコネグロは等級の低い葉タバコが主な原料となっていて、お世辞にもお上品な方《かた》が吸う代物とはいえない。

私はすかさず、たどたどしいスペイン語で彼らに話しかけた。

「そのタバコもらえますか？」

彼らは今まで豪快に喋っていたが、突然、見も知らぬ東洋の女の子から話しかけられて、びっくりしたのだろう。目をぱちくりさせている。

「なんだって？」

私はもう一度言った。

「そのタバコもらえるかしら？」

彼らは絶句したまま、二人で顔を見合わせている。一人がおもむろに一本取り出した。私に差し出し、マッチで火までつけてくれた。

「ありがとう」

私はそうっと吸ってみた。

――うわ〜、肺に痛みを感じるほど強い。一服で肺が真っ黒になりそうだ。葉巻のような上品な香りは全くせず、火事場跡の煙がくすぶっているようなひどい匂いばかりだ。すぐにでも捨ててしまおうかと思ったが、せっかくくれたおじさんたちの手前そうもできない。仕方なくもう少し吸ってみた。すると、ひどいと思っていた匂いが、いつの間にか肉体労働者のような逞しい匂いに変化していた。

――ひょっとして、これは毎日吸うと癖になる憎めない煙草なのかもしれない。

私はタバコネグロに親しみを覚え、嬉しく思いながら、おじさんたちの方をうかがった。彼らは余程驚いたのか、瞬きもせず私の一挙手一投足をじっと見つめている。

「強いわねえ。このタバコ」

私はそう言いながら煙草を指さした。彼らはまだ、鳩が豆鉄砲を食ったような顔をして、私から目を離そうとしない。私はさらに続けた。

「これは健康に良くないわよ」

「うわっはっはっは！」

ついに彼らは弾けた。二人はおなかをかかえ、さもおかしそうに繰り返した。

「健康に悪いだってよ。わっはっはっは！」

「こんなかわいい子が、健康に悪いってさ！　あっはっはっは！」

「お嬢ちゃん、面白いこと言うねえ。いったいどこから来たのさ？」

「日本よ」

「おい、日本だってよ。おまえ、どこだか知ってるか？」

「さあ？」

私たちはすっかり打ち解けてしまった。私のスペイン語が未熟なため、複雑なことはコミュニケートできなかったが、それでもお互いの国のことを随分紹介し合った。

「ところで、お嬢ちゃんはどこまで行くのかな？」

「アルカーサルよ」

「ふーん、それで？」

「アルカーサルで風車を見て、それからまた列車に乗ってマドリッドへ行くの」

「ふーん、でも列車はないよ」

二人は、そう、そう、とうなずき合っている。

「あら、あるわよ」

私はトーマス・クックというヨーロッパの全列車が載っている時刻表を彼らに見せた。

「ほら、アルカーサル12時51分発マドリッド行き。ね、あるでしょ」

彼らは時刻表など見たことがないのか、頬を摺り寄せて覗き込んでいる。そして、二人同時に顔をあげると、

「でも、列車はないよ」

とまじめな顔をして言った。

二人があまりにも「ない」とハッキリ言い切るので、私は不思議に思った。

「あら、なぜそんなことが分かるの？」

「ウェルガだからだよ」

私はこの「ウェルガ」というスペイン語を知らなかった。

「ウェルガって何？」

「汽車がないことだよ」

「だから、なぜ汽車がないの？」

「ウェルガだからだよ」

「ウェルガって何？」

「汽車がないことだよ」

——ああ、ダメだ。同じ押し問答の繰り返しだ。

私は、この人たちは列車のことをよく知らないんだわと残念に思い、

「そうかしらね」

と適当な返事をして、この話を打ち切った。時計を見ると22時をまわっている。私は旅の疲れが出たのだろう。いつの間にか、うとうとと眠ってしまった。

どのくらい経ったのだろうか。急に目が覚めた。それもそのはずである。ラマンチャのおじさんたちが、何がそんなに楽しいのか、手拍子をとって大声で歌っているではないか。そして、例のタバコネグロをスパスパと吸っている。コンパートメントは閉めっ切りだか

ら煙くて仕様が無い。時刻はなんと夜中の2時。私はおじさんたちに控え目に訴えた。

「あの、私、眠いんだけれど……」

「そうだ、そうだ。まだ真夜中だ。もっと寝た方がいい」

おじさんたちは意外にも私の申し入れを素直に受け入れてくれた。

「さあ、オレの肩に寄りかかって」

そう言いながら、自分の肩をぽんぽんと叩いた。

――い、いや、枕が必要なんじゃなくて、おじさんたちが騒がしいから……。

内心そう思ったが、おじさんはそんなことにはまるで気がつかない。

「さあ」

とまた景気よく肩を叩いた。

「あ、ありがとう」

せっかくの好意だ。私はおじさんの肩に寄りかかった。すると、もう一人のおじさんが自分のコートを脱ぎ、隣でうずくまって眠っている途中駅から乗車してきた白人少女二人にそっとかけた。

「彼女たちはまだ子どもだからな」

おじさんたちはぶっきら棒で荒くれ男のように見えるが、ほんとうは優しいのだ。私は、ラマンチャ男の素顔を垣間見たような気がして、もう一度おじさんたちをじっと見つめてしまった。

午前4時、列車はアルカーサルの駅に着いた。おじさんたちは眠っていたにもかかわらず、わざわざ起きて、私のリュックをホームまで下ろしてくれた。

「気をつけるんだよ」

「ありがとう。楽しかったわ」

私たちはそう言って別れた。

アルカーサルでは、バスに乗って「ドン・キホーテが突進した」という風車を見にカンポ・デ・クリプターナ村まで行った。そして、その日はアルカーサルに戻って、そこで一泊した。

翌日、例の12時51分発のマドリッド行きの列車に乗ろうとアルカーサル駅に行った。なんとなく駅がガランとしている。12時51分になった。列車は来ない。13時30分になった。

まだ来ない。外国の列車は日本の列車よりも時間にルーズだと聞いてはいたが、こんなにも遅れるものだろうか。私は急に不安になり、辺りを見回した。すると、一人の中年女性がホームに所在なげにたたずんでいた。彼女に近づき、つたないスペイン語で尋ねてみた。

「なぜ汽車が来ないのですか？」

「ウェルガだからよ」

——ああ、まただ。そういえば、ラマンチャおじさんたちもこの言葉を使っていたっけ。

「ウェルガってなんですか？」

「汽車が来ないことよ」

「だから、なぜ汽車が来ないんですか？」

「ウェルガだからよ」

——ああ、ダメだ。これでは昨日と同じ押し問答だ。今の私のスペイン語レベルでは、もうお手上げだ。どうしよう。

途方に暮れていると、むこうから制服を着た駅員らしき人がやって来て、

「こっちですよ。こっちに来て下さーい」

と叫びだした。わけが分からないまま、その駅員らしき人について行くと、駅前に止めて

あったマドリッド行きのバスに無理矢理乗せられてしまった。

――ちょっとォ～、私はバスではなく、列車でマドリッドまで行きたかったのにィ～。

ブツブツと一人で不満を漏らしたが仕方がない。

数時間後、バスはマドリッドの駅に到着した。駅は大勢の人でごったがえしていた。あまりの人込みに驚きながら、一人の外国人旅行者に英語で尋ねた。

「この騒ぎはいったいなんですか？」

「ストだよ」

15ドルの出会い

「15ドル旅行」とは、食費、宿代、交通費すべてを含め一日15ドル以下で旅行することである。当時、夜学に通っていた私は、バイト代を貯め三ヶ月間ヨーロッパを貧乏旅行していた。ひと口に「一日15ドル」といっても、それは想像以上にきつい旅行であった。その証拠に、バックパッカーと称して旅行をしている外国人は大勢いたが、私より貧乏旅行をしている人にはついぞお目にかからなかった。彼を除いては。

彼と会ったのはイタリアからギリシャに向かう船の中だった。いや、正確には船の中ではなくて甲板の上だった。貧乏な私たちが手にしている切符では、船室の中に入れてもらえなかったのである。

彼は、甲板の手摺りにひっかけて乾かしていた靴下が風で飛ばされたので「あっ」と小さく叫んで海を覗き込んでいた。私がクスッと笑うと、彼は振り返り白い歯をニッと見せて目を細めた。

私たちは甲板の上で夜を明かしながらいろいろなことを話した。社会的地位もお金も何も無かったが、今までやってきたバイトの話で盛り上がった。一本800円もする花を80円で売って店長にメチャクチャ怒られたとか、スキーパトロール中に自分が遭難しかけて大迷惑をかけてしまったなどハチャメチャな話が次から次へと飛び出し、私たちは星空の下で笑い転げた。

突然彼が真顔になった。

「ところで、なんで旅してるんだよ」

私は文化人類学者になりたいからだと答え、彼は登山家になると言っていた。

船がギリシャに着いた。

「じゃ、お互い夢に向かって頑張ろうぜ」

そう言って別れた。私たち、二十五歳の時だった。

それから数年後、彼は山の雑誌に度々載るようになった。そして三十九歳の年、「ヒマラヤで雪崩に遭い死亡」。この見出しが英字新聞をはじめすべての新聞に掲載された。

——ウソでしょ。

彼のことだった。

彼は……、いつの間にか世界をまたに架ける一流の登山家になっていた。

音楽の平等性（ザルツブルク）

日本語のガイドブックを持っている青年がいる。

——日本人だ。

ここはオーストリア第二の都市、ザルツブルクの駅。エジプト、モロッコと数ヶ月かけて喧騒なアフリカ諸国を回ってきた歩にとって、日本人の姿は、どこかほっこりとした安らぎを感じさせてくれるものだった。

日本語は便利である。日本語のガイドブックを持っていたら、かなり高い確率でその人は日本人だ。これが英語のガイドブックだったらどうだろう。その人はアメリカ人かもしれないし、イギリス人かもしれない。オーストラリア人かもしれない。ようするに何人《なにじん》か分からないのである。

「あのー、日本の方ですよねー」

歩は恐る恐る訊いてみた。

「はい」

青年は歩のことをチラッと見たが、すぐうつむいて小さい声でそう答えた。年齢は歩と同じくらい。牛乳瓶の瓶底メガネとよく言われるような度の強いメガネと喜怒哀楽の分からない無表情な顔が印象的だった。答えはそれっきり。取りつく島もない。歩は仕方なく、次の質問を投げかけた。

「あのー、ここで何してるんですか？」

青年が「クローズ」という札がかかったインフォメーションセンターの前で、所在なさそうに立ちすくんでいたからだ。

「今晩、泊まる宿を予約しようと思ったら、もう閉まってしまって」

——ほっ。長い文章も言えるんだ……。

時計を見ると五時を少しまわっていた。五月のオーストリアはまだ明るい。やはり、北に位置しているせいだろう。だが、いくら明るくても、インフォメーションセンターのような公的機関は、五時でのべもなく閉まってしまう。

「五時過ぎてますからねー。ヨーロッパでは閉まっちゃうでしょう」

「はい」

——はっ。また、蚊の鳴くような声。

「私、ユースホステルに泊まりますけど、よかったら一緒に来ませんか？」

「ええ、ありがとうございます」

気のせいかもしれないが、青年の顔に少し嬉しそうな表情を読み取った。

「予約してあるんですか？」

「いいえ」

沈黙が流れる。

「部屋、空《あ》いてるんですか？」

「さあ？　でも、行けば分かるでしょう」

青年はしばし歩の顔を見ていたが、うつむいてしまった。

はたしてユースホステルに到着した。部屋は空《あ》いていて、お互い泊まるところは確保できた。ユースホステルは、一階がテーブルやテレビ、雑誌が置いてある談話室になっている。宿泊客たちは、そこで旅の情報を得たり、交換したりする。二階が男女完全に分かれている寝室になっている。一部屋に四つほどのベッドが並べてあり、病院の大部屋のようだ。自分だけのプライベートスペースはベッドの上しかない。歩はベッドの上に荷物を置くと、もうすることがない。早々にそこを離れ、ザルツブルクの情報でも得ようと一階の談話室に下りていった。パラパラとパンフレットをめくっていると、さっきの青年も下りてきた。テーブルをはさんで、歩と対面で座った。

「よかったわねー。部屋があって」

「はい」

青年は質問だけに答える。余計なことは言わない。

「せっかくモーツァルトの生誕の地、ザルツブルクに来たんだから、今夜は生《なま》のオーケストラを聴きに行こうと思ってるんだ。よかったら一緒に来ませんか？」

「はい」

なんでもはい。それも無表情で。この青年の気持ちが読み取れない。

「じゃ、今晩七時半にここね」

七時半になった。青年は時間に遅れることなく、談話室で待っていた。二人してザルツブルクの町を歩く。ザルツブルクの町は、どこからでも丘の上のホーエンザルツブルク城が見える。夜は、そのお城がライトアップされ、いっそう美しい。

ミラベル庭園を通る。ここは、サウンド・オブ・ミュージックの映画に登場するが、それはそれは綺麗な庭園である。色とりどりの花がモザイクのように植えられていて、真ん中に大きな噴水がある。おとぎの国のような庭園である。

コンサートホールは、そこの庭園を突っ切った奥にあるミラベル宮殿の中にあった。入り口の受付に、背が高くがっしりとした中年女性が立っていた。英語で話しかける。

「入場料はおいくらですか？」

すると、男のような太い声がその女性の口から降ってきた。

「ノーノー。今晩は満席。席がないから、入れないよ」

「えー。そんな……」

歩は、前にオスロの美術館で同じような目に遭ったことを思い出した。あの有名なムンクの「叫び」を見るため、わざわざオスロの美術館に足を運んだのだ。時刻は夕方四時半。五時には閉館すると思ったので、それでも慌てて行ったのだ。だが、遅かった。閉館は、なんと四時だったのだ。その時の苦い経験を思い出した。ああ、また……と思った。が、せっかくここまで来たのだ。怖そうに見えるおばさんだったが、歩は食い下がった。

「私たちはモーツァルト生誕の地で、どうしても生《なま》演奏の音楽を聴きたくて、はるばる日本からやって来たんです。アルバイトして、お金ためて。日本からですよ。あなた、日本がどんなに遠い国か知っていますか？　知っていたら、入れないよ、なんて言えないでしょう。お金だったら、ちゃんと払います」

――ちょっと言い過ぎちゃったかな。おばさんのこと怒らせちゃったかな？

女性は、はじめ鳩が豆鉄砲でも食ったような顔をして、目をパチパチさせていたが、次第に厳しい顔になった。

「お金の問題じゃないです。席がないんだから無理でしょう」

――うん、まあ、そりゃそうだ。ないものは売れない。

歩は、そこは素直に従った。

「そうね。席がないんじゃあ、仕方ないわね」

しょんぼりした。ほんとうにがっかりした。まさか、大都会のウィーンじゃあるまいし、二つくらい席は空《あ》いていると信じていたのだ。二人は歩き出した。とぼとぼと。30メートルほど歩いて、一つのベンチに腰掛けた。

「ごめんなさい。まさか席がないなんて、思ってもみなかった……」

歩はほんとうに申し訳ないと思った。

「いえ」

青年は相変わらず無表情だ。が、怒った様子でもない。

「ほんとうにごめんなさい。私なんかが誘ったりしなければ、もっと有意義な夜を過ごせたかもしれないのに……。もう、今からじゃダメだわ。他の会場に行っても、音楽会は始まっちゃっているし……。ほんとうにごめんなさい」

「いえ」

沈黙が流れた。だが、今の歩は申し訳ない気持ちでいっぱいで、言葉が出なかった。

「医学部生ですか？」

「えっ？」

青年がはじめて、質問してきた。

「医学部生ですか？」

青年はもう一度、同じことを言った。

「いいえ」

歩は、あまりにも質問が唐突だったため、また、音楽会のことであまりにもがっかりしていたため、ひと言発するのがやっとだった。

また、沈黙が流れた。今度は歩が口を切った。

「なんで、そんなこと訊くの？」

「いや、この時期、旅行できる学生は医学部生だから。だから、そうかなと思って」

「なんで、医学部生なの？」

「国家試験が終わって、発表待ちの間、だから」

「へえ、そうなんだ」

またしばらく沈黙。

「ってことは、あなたは医学部生なの？」

「はい」

「ふうん。どこの医学部生なの？」

「東京大学です」

「ふうん」

歩は人の大学名を聞いておいて、自分の大学名を言わないのは失礼にあたるかと思い、こう言った。

「私は放送大学」

「はい」

「東京大学。放送大学。ねっ、なんか響きが似てない？　とうきょう、ほうそうって」

歩はなにか大発見でもしたかのように、急にはしゃぎだした。

「とうきょう、ほうそうって似てると思わない？」

もう一度言った。

「はい」

「ところで、東京大学ってどこにあるの？」

「本郷です」

「本郷？　ええ、知ってるわよ。私、行ったことある。友だちがね、東大にいて……。とうだい……、とうきょうだいがく……。とうだい……。えー、ちょっとー、もしかして、東京大学って東大のことー？」

「はい、そうです」

「えー、やっだー。東大なのー。きゃー、すごいじゃない。きゃー。なんだ、だったら、どうしてはじめっから東大って言ってくれなかったのよォ。東大って言ってくれれば、すぐ分かったのにィ。やだー」

「すみません」

どこまでも実直な青年だ。日本人のくせして、東京大学を知らない歩の方がよっぽど非常識なのだが、しかし、この青年は、そういったことは気にならないらしい。不愉快な様子は全く見受けられなかった。

「じゃあ、国家試験受けたってことは、お医者さんになるってことなの？」

「ええ、受かったら」

「大丈夫よ。あなたなら受かるわよ。ってことは、おうちがお医者さんなの？」

「いえ、ちがいます。普通のサラリーマンの家です」

「ふうん。珍しいんじゃない？　どうしてお医者さんになるの？」

「医者になりたいからです」

「えらいっ！　あなた、えらいわよ。だって、多くの人は、家が病院だから医者になるとか、成績がいいから医学部受けるとか。動機がおかしいわよ。だって、お医者さんは、すごく特別な職業でしょ。そんな、家が、成績がなんていう理由でお医者さんになってもらいたくないわ。お医者さんになりたくなくっちゃあね」

「はい」

いくらか、青年の顔がなごんだように見えた。

「まだ、お名前きいてなかったわ。私は野坂歩。あなたは？」

「田中智久といいます」

そこへ、どこからやってきたのか、警備員ふうの男性が近づいてきた。

「そこのふたりー。ここは美しい庭園なんだ。君たちみたいなのが、長い間、ベンチに座っていると景観が悪くなる。早くどきなさい」

歩は目をまるくした。

「今の聞いた？　私たちが公園の景観を乱すですって。すごいこと言うのねェ」

「そうですね」

「田中くんはちゃんとスラックスを穿いているものね。私は、音楽会ではジーンズはだめだってガイドブックに書いてあったから、綿パン穿いてきたけど……。この綿パン、ぼろぼろね。ジーンズの方がまだましだったかな。この綿パン一本で、三ヶ月、アフリカ回ってきたからねェ。景観を乱しているのは、田中くんじゃなくて、間違いなく私だと思うよ」

「はい、あ、いいえ」

するとさっきの音楽会場の受付のおばさんが、大声でこちらにむかってなにやら叫びだした。

「あら、あのおばさんまで、どけって言うのかしら。まったくね。ちょっと待っててね。何言っているのか、訊いてくるから」

歩はおばさんに近づいた。

「なんでしょうか？」

「席が空《あ》いたから、入りなさい」

「えっ？」

「ささ、早く。席が空《あ》いたから、入ってもいいわよ」

「ええー。ほんとー。ありがとうー」

歩は思わず、おばさんに抱きついた。

「たなかくーん。早く、早く。中に入れるって。席が空《あ》いたんですって」

歩たちは急いで、鞄から財布をとりだした。

「要らない」

「えっ？」

「音楽会はもう始まっているわ。前半は終わって、今はインターミッションという中休みなの。あなたたちは後半から聴くのよ」

「はい」

「音楽会は、最初から聴いてもらうからお金をもらうのであって、途中からでは、すべての曲を提供しないわけだから、お金はとれません」

——へえ。すごい理屈だ。

田中くんと二人で会場に入った。会場は大ホールではなく、室内楽用の百人ほどが入れるこじんまりとした部屋だった。隅に二つ、取って付けたようにパイプ椅子がおいてあった。そっと、田中くんを突っついた。

「おばさん、いいとこあるね。パイプ椅子並べて、席つくってくれたんだね」

「そうみたいですね」

歩は心の中でつぶやいた。

——おばさん、ありがとう。席が空《あ》いたんじゃなくって、おばさんがパイプ椅子を並べて、席を作ってくれたのね。

いや、それだけじゃない。おばさんは、私たち貧乏そうに見えるこの東洋の若者たちにも、なんとか音楽を聴いてもらおうと知恵を絞ったのだ。そして、思いついたのが、後半から入室させるという方法だった。おばさんは、中休み中に自分でパイプ椅子を並べ、歩たちを呼び寄せ、後半だけだからという理由をこしらえて、無料にしてくれた。なんという粋な計らいだろう。歩は、おばさんのその粋な心根にすっかり感動してしまった。これこそが「芸術はすべての人のために」の実践なのだろう。それが、受付のおばさんのような一般人に見える人にまで浸透していることに、音楽の都ザルツブルクの素晴らしさを感じた。

歩たちが座ったその室内楽用の部屋には、学校の教室にある教壇のような高さ三十センチほどの舞台があり、そこに第一バイオリン、第二バイオリン、ヴィオラ、チェロの四人の奏者が座っていた。四人が奏でる弦楽四重奏。曲目は、モーツァルトの「プロシャ王第一番」とスメタナの「わが生涯より」だった。演奏者と観客の距離が近いため、音楽と一体化したような錯覚に陥った。音楽会は素晴らしかった。

夜道を歩きながら、歩は興奮していた。

「よかったわねぇ。やっぱ生《なま》っていいわね。私、初めて室内楽って聴いたんだけど、音が身近に迫ってくるみたいで、すごくよかった。クラシックのこと、よく知らないんだけど、そんな私でも感動したわー」

「そうですね」

田中くんも満足げな顔だ。歩いてそのままユースに戻った。

「じゃ、おやすみなさい」


翌朝、談話室で朝食をとっていると、田中くんがやってきた。

「田中くん、今日は何するんですか？」

「いえ、決めてません」

「ふうん。私は午前中サウンド・オブ・ミュージックの半日ツアーに参加するんだけど、よかったら一緒に来ませんか？」

「はい」

今度は歩も警戒する。

「面白いかどうかは分からないわよ。私だって初めて参加するんだから」

「ええ、いいです」

バスに乗って、ザルツブルクの郊外を走る。サウンド・オブ・ミュージックの映画に登場する様々な場所を通る。トラップ邸、マリアと結婚式を挙げる教会、子どもたちが木登りをする通り。でも、映画を観ていなくても、素晴らしい景色の間を走り抜けるのは、素敵だった。雪の残っているアルプスの山々、どこまでも続く緑の丘、大きく広がる真っ青な湖。まるで絵の中にいるようだ。途中で、グラススキーをするところに止まった。たぶん、冬場はスキー場なのだろう。二人で、グラススキーならず、グラスそりをした。

「きゃー、きゃー」

——田中くんが笑ってる。声を出して。まるで幼稚園の子どもみたいに。無邪気に。歩はなぜか分からなかったが、無性に嬉しかった。二人でキャーキャー言いながら、何度も何度も山を滑り降りた。お互い写真も撮った。「写真、送るからね」と住所も交換した。

ツアーが終わり、ユースに戻った。

午後は二人とも、もうお互い別々のところへ向かう。二人で駅まで行った。

「ありがとう。なんだか振り回しちゃったけど、私は楽しかったわ」

「ありがとう」

歩は思い切って、握手の手を差し伸べた。田中くんが手を握ってくれた。

「じゃ、お互い、これからもいい旅を」

「野坂さんも」


半年後、歩の自宅に一通の手紙が届いた。田中くんからだった。グラスそりをした時の写真が入っていた。手紙もあった。

「あれから、僕は8日間ほどオーストリアとスイスを旅しました。全部で十日ほどの旅でした。あれからもそれなりに楽しかったですが、野坂さんと過ごした二日間は、そこだけ特別に光って楽しかったです。今、医者の卵になりました。次にあのような旅ができるのは、六十の定年を迎えた時です。医者というものは、そういうものです」

トルコの野犬

五月、春だというのにトルコの内陸はまだまだ寒い。

首都のアンカラからバスに乗った。途中タトゥバンで乗り換えて、夕方、もうイラクの国境に近い町、ヴァンに到着した。

——今宵はのんびりとヴァン湖のほとりでテントを張って夜でも明かすか。

と今まで背中に担いできた簡易テントをおろし、寝床作りの準備を始めた。

すると、どこからともなく一人の中年男性がやってきた。彼はトルコ語で何やら話しかけてくるのだが、こちらはさっぱり分からない。

「今から寝るんだからあっちに行ってよ」

と身ぶり手ぶりを使って、通じない英語で追っ払おうとした。彼は、いったんは遠くの方へ歩いていくのだが、またすぐに戻ってきて、何《なん》やかやと小うるさい。イスラムの掟で「妻以外の女性には手を出さない」とは聞いていたし、見たところ彼も悪い人には見えな

かったのだが、「女性一人旅の悲しさかな」まさかテントの中に入れるわけにもいかず、大声で

「あっちに行ってよ。ポリスを呼ぶわよ」

と怒鳴らざるを得なかった。すると、ポリスという言葉がきいたのだろうか。彼は仕方ないという表情になり、とぼとぼと去って行った。私はヤレヤレと思い、ようやく落ち着いて眠ることができるようになった。

あれは何時ごろだったのだろうか。犬の遠吠えで目が覚めた。耳を澄ますと、ガサッ、ガサッ、ウォーン、ウォーンと野犬が少なくとも十匹は集まってきているような気配である。

――うわぁー、どうしよう。こんな所で犬に噛まれたら狂犬病になるだろうなぁ。ヴァンの町には病院があるのかしら。それとも死んじゃうのかなぁ。

などといろいろ考えているうちに、鈍感な私は、なんと再び寝入ってしまったのである。

次の朝、目を覚ますとヴァン湖の向こうにそれはそれは美しい雪山が連なっていた。夕べの野犬のことなどもうすっかり忘れてしまっている私は、ただ茫然とこの美しい景色に見入っていた。

しばらくしてふと目を移すと、例の夕べの彼がいそいそと遠くの方からやって来るではないか。私はヤレヤレまたかと思ったが、今朝は彼一人ではなさそうであった。彼は息子と一緒に、なんと、ひとかかえもあるパンとトルコ式チャイ・セット（トルコ風お茶のこと）を持って来てくれたのである。彼は嬉しそうに四〜五歳に見える息子を私に紹介し、

「さあ、朝ごはんを食べな」

と手ぶりで勧めてくれた。私は嬉しさのあまり、急に熱いものがこみあげてきた。彼はほんとうに親切な人だったのである。もしかしたら、昨晩は「野犬が来るからうちに泊まりにおいで」とまで言ってくれていたのかもしれない。きのう彼のことを疑った自分を恥ずかしく思った。しかし今の私にできることは、心をこめて「テシェッキュレ（ありがとう）」と言い、彼の持って来てくれたパンをかじるしかなかった。彼は、昨晩私が怒鳴ったことなど微塵も気にしていないかのように優しく微笑んでいた。

カイロへ向かう三等列車

五月、エジプトはもう真夏である。ナイル川を三分の二ほど上ったところに位置する都市ルクソールから首都カイロへ戻らなければならない私は、15時間もかかる長い汽車旅にチャレンジすることにした。私の乗ろうとする汽車は、エアコン付きの外国人用一等車から、何もついていない現地の人用三等車までと、3種類のクラスに分かれていた。三等車の切符の値段は、2・30エジプトポンド、日本円にして約百十五円ほどであったが、超貧乏旅行をしていた私は、学割を使ってそれをさらに六十円にしたのである。

ルクソールの駅の窓口には、発車の2時間も前から切符を買う人で長蛇の列ができていた。私はヤレヤレと思ったが、郷に入れば郷に従えで、私もその列の一番最後に並んだ。アラブ人は切符を買うのにも、窓口の人と知り合いであれば「アッラーのおん前に……」などと言いながら、いちいち頬ずりし合っているので時間がかかってしょうがない。

ようやく私の番が回ってきたが、「学割を使ってカイロまで行きたい」という主旨がなかなか伝わらない。

アラビア語のできない私は、身ぶり手ぶりでずいぶん四苦八苦したが、やっと分かってもらえた時の窓口の人の答えは「学生の人はあっちの窓口ですよ」という実にあっさりしたものだった。彼の指さすあっちの窓口を見ると、これまた長い行列ができていた。ヤレヤレまたかと思ったが、貧乏な私はあっちの列に並ぶより他に仕様がなかった。

ようやく列車がホームに入ってきた。すると、三等車付近では思いもよらぬ光景が展開された。列車の屋根によじ登る人、列車の窓から潜り込む人、みんな我先にと列車に乗り込もうとする。私は唖然としたが、もう切符買いで疲れ果てていたため、そんな熾烈な争いに参加できるわけもなく、結局一番最後に列車に乗ることになった。

三等車に足を一歩踏み入れて、そこでまた唖然としてしまった。乗客全員がすべてアラブ人男性なのである。みな固い四人掛けの椅子にきつそうに座っている、または荷物をのせる網棚の上に寝そべっている。天井の蛍光灯は半分ついていない。木の窓は壊れているため、閉まったままか開いたままである。乗客がさとうきびを食べるため床の上は葉っぱだらけである。

呆然と立ち尽くしている私に、男性全員の目が一斉に注がれた。一人の男性が席を譲ってくれたので、私は「シュクラン（ありがとう）」と言って、ようやく我に返った。

三等車に乗る外国人は当然私一人であり、また女性も私一人だったため、彼らは私の一挙一動を一瞬たりとも逃がさずニヤニヤしながら見つめている。私はどう対応してよいのか分からなかったので、まるでその場をとりつくろうように、前に座っているハクション大魔王のようなおじさんに話しかけてみた。

「明日は何時にカイロに着くのかしら？」

彼は話しかけられたのがそんなに嬉しかったのか顔中に笑みをたたえ、片言の英語で答えてくれた。

「たぶん、7時かな、10時かな、あっ、お昼頃かもしれない」

まるで答えにならないような答えであったが、要するに、ここはナイル川が流れるように雄大に時が流れる国である。時間などをせせこと聞いた私が愚かだったのである。

そうこうしているうちに、長旅を癒すためか、日本の新幹線の車内販売のような物売りがやってきた。売っている物はジュースやさとうきびである。私は非常に喉が渇いていたので、ジュース（これは、たぶんライムジュース）を一杯注文した。物売りのお兄さんは陽気な人で

「あいよ」

と言って、コップにジュースを注いで手渡してくれた。そして、さらに抑揚をあげて

「このジュースはうまいよ。どうだい、おやじも一杯飲んで元気を出せや」

と言い、さっきから私の筋向かいでうなだれて座っている老人にもジュースを一杯差し出した。私は「アラブの人ってなんて優しいのだろう」と感心してその光景をながめていた。

が、なんと物売り兄ちゃんは老人の勘定を私の方にまわしてきたのである。私はこれが俗に言う「イスラムの喜捨」かと思い、その老人の反応を見てみたかった、いや、正直に言うと、老人がこちらをむいて、ありがとうとニコッとしてくれることを期待して、彼の分も快く支払った。一分経った。その老人はうつむいている。二分経った。彼はこちらを見ようともしない。結局、その老人は最後まで私の存在など気がつきもしなかったのか、ずっとうつむいていた。

イスラム教の喜捨とは「富める者が富めない者へ寄付をするのが当然」という教えである。この老人のように寄付された者は、恵んで下さってありがとうと感謝の念を抱くというよりは、むしろ「富める者に寄付する機会を与えてやったんだ」くらいに考えるのかもしれない。

そうこうしているうちに、列車はカイロのホームに到着した。

永遠の一週間

象の背中で揺られること丸一日。途中、長いハナで木の実をとったり、立ち止まって糞をしたりとなかなか道草が多い。ようやくたどり着いたところは、山岳民族が住む小さな村だった。

文化人類学を専攻していた大学生時代、私はヒョンなご縁から、タイ北部に住む「白カレン族」の民家に一週間フィールドワーク滞在することになった。

地上1・5メートルの高床式家屋に、八人の家族が住んでいる。私はそこの家に寝泊りさせてもらいながら、長老的存在のおばあさんに様々なことを教わった。

「トイレはどこ?」「木の陰ならどこでも」

「シャワーはどこ?」「川まで下りて行って」

電気も水道も引かれていない村だ。不便で仕方がない。

しかし、たいへんなことばかりではなかった。彼女と一緒に食事の支度をするのは実に愉快なひとときだった。彼女のさやいんげんのへたを取ることの速いこと。私が驚いた顔をすると、彼女はニヤリと笑った。

そして、夜は真っ暗闇の中、満天の星空を眺めながらのおしゃべりだ。もちろん、彼女はタイ語しか喋れないし、私はタイ語が喋れない。身ぶり手ぶりだけの会話だったが、それでも、木陰で用足し中に突然ブタがやってきてド突かれそうになったことや、川で水浴びをしていたら象がやってきて鉢合わせになり、こっちは裸で身動きがとれず困惑したことなど、二人はおなかをかかえ何度も笑った。

とうとう、お別れの日がきてしまった。たった一週間とはいえ、寝食を共にすると情がうつるものである。彼女は私の手をとり、もう涙ぐんでいた。その涙を見て、私もぐっときてしまった。

「いろいろありがとう。日本に帰ったら、必ず手紙を書……」

ここまで言いかけて、私はハッとした。

――こんな、こんな山奥に、はたして郵便が届くのだろうか。

それに、よくよく考えてみると、彼女は読み書きができないではないか。離れてしまうと、彼女とコミュニケートできる方法はないのだ……。会っている時がすべてなのだ……。

私はもう一度、彼女の顔を見つめた。
彼女の涙はそういう意味だったのだ。

ボルネオ島

暑い、暑いなぁ
さすがアジアだわ

そう、ここはボルネオ島のマレーシア
私はもう二時間以上も
この炎天下を歩いている
首筋と背中が
じりじりと焼け焦げそうだ

一軒の食堂が遠くの方に見えた
そこで休んで、何か冷たい物でも飲もう

冷たいお茶を注文したが
氷はどうも有料らしい
私が持っているお金では
熱いお茶しか注文できなかった

ヤレヤレ
このくそ暑いのに熱いお茶とは……
閉口しながらお茶をすすろうとした時
ドサーッと大量の氷がカップの中に入れられた

NO、NO
手ぶりで「氷は注文していない」と言うと
氷を持ってきたウェイターが
向こうのテーブルを指さす

そこにはお父さん、お母さん、二人の子どもの
幸せそうな家族の姿があった
私が不思議そうな顔をしていると
さらにテーブルにできたての焼きそばが置かれた

どうやらこの家族が
私がお金がなくて、熱いお茶しか注文できなかった光景を見て
ご馳走してくれたらしい

ああ、なんて親切な人たちなんだろう

ここは大衆食堂であり
見ればこの家族だって
お世辞にも決して大金持ちには見えない

私は彼らのテーブルに行って
「ありがとう、ありがとう」
と何度も身ぶりで伝えるしかなかった
彼らはニコニコして
「気にしなくていいんだ」という表情をしていた

戦争

僕も戦わなくっちゃ

テレビに中東戦争の場面が映った瞬間である。九十歳を越え、老衰も進み、意識ももうろう、うつらうつらベッドに横たわっていた祖父が、突然目をカッと見開き、大声を出して立ち上がった。驚いたのは、まわりにいた家族である。まるで不気味な魔物でも見るように、祖父のことを凝視した。

祖父は昭和十七年に召集をうけ、南方ニューギニアに送られた。当時、祖父は二十七歳だったが、運動に精を出す頑強なタイプではなく、読書を好み、仕事に励むという、ごくごく普通の温厚で真面目な青年だった。

だが、ニューギニアに上陸してまもなく、不運にも栄養失調にみまわれ、早々に船で日本に送り返された。そしてその後は、出征県の軍需工場で燃料タンク製造に従事していた。

それからしばらくして、南方は戦況が悪化した。ニューギニアへはどんどん兵隊が送られるが、送られる一方の片道船で、帰国させてもらえる兵隊は皆無になった。そのうち、燃料、食料の補給船も途絶え、ニューギニアは大本営から完全に見放された孤島の激戦地と化した。

ニューギニアでは、兵隊たちが標高四千メートルの険しい山々を越え、ジャングルの中をさまよった。隊の食料は底をつき、蛇やトカゲ、毛虫まで食した。その蛇やトカゲ、毛虫も食べつくし、しまいには身につけているベルトや靴も、牛の皮だから煮たら食べられるだろうと何時間もグツグツ煮た。高熱が出るマラリアや南方特有の強烈な下痢にやられ、体力を完全に消耗する。大勢の兵隊が飢えと病気で歩きながら倒れ、そのまま死んでいく。ジャングルという、本来なら空気などよどみもしない野外そのもののところに、糞尿と腐った遺体の臭気が充満する。この世のものとは思えない地獄以下の光景だ。

「食料を送ってくれ」と大本営に頼んでも、返ってくる回答は「食料は敵国基地から奪え」であった。それは「食料は、もはや日本から届けることはできない。敵国と戦って、敵軍を倒し、敵の基地にある倉庫から食料をぶんどってこい」という意味だ。

しかし、兵隊たちは七十キロあった体重がすでに三十八キロにまで落ち、お化けのようにやせ細っていた。小石にも蹴つまづくようなフラフラな体だ。そして、装備している武器といえば、山砲（山中、運搬しやすいように作られた小さな大砲）がたったの八門（門―

—大砲を数えるのに用いる助数詞)、砲弾もたったの五百発。一方、これから戦おうとしている目の前の敵は、戦車をともなう砲が五十門、砲弾は七十五万発。砲弾だけでも、五百と七十五万だ。この条件下で敵軍と戦って食料を奪えなど、誰が考えても不可能だ。当時、三十そこそこの部隊長たちが、大本営の絶対命令とやせ細った部下の板ばさみになり苦しんだ。しかし、軍隊の命令は上からの一方通行のみだ。「今、戦わなくてはいけないんですか?」とか「弾が不足しているんですけど……」などという質問や言い訳は一切許されない。

「たいちょう——。弾がもったいなくて撃てません」

兵隊が叫ぶ。そんなことは言われなくても隊長が一番よく知っている。なぜなら、ついさっき、山砲一門に最後の砲弾を二弾ずつ配ったばかりなのだから。隊長は文字通り断腸の思いで叫ぶ。

「いけー」

結局、その部隊は砲弾を何百発もくらい、機関銃で、弁当箱ほどの大きさの飯盒に三発も当たる密度で射撃され、隊長をはじめ五百名、ほぼ全員が戦死した。生き残った兵士はたったの三十五名。奇跡的に生き残ったその三十五名の兵士だって、翌日には他の部隊に組み込まれ、また戦勝率ゼロ％の戦いに挑むのだ。

こんな戦いを繰り返し、八月十五日の終戦をむかえた。結局、ニューギニアでは十三万人の兵隊が戦死した。


戦後、祖父はひと言も戦争のことを口にしなかった。私が大学でニューギニアについて勉強しているというのに……である。何度か祖父に「ニューギニアのことを勉強しているから、今度、話を聞かせてほしい」とせがんだが、返事は一切なかった。祖父は戦争のことを忘れてしまったのだろうか。

考えてみれば、祖父の九十年という長い人生の中で、たいへんではあったが、戦争は昭和十六年から二十年のたったの四年間のできごとにすぎない。

戦後、祖父はある会社に入った。あの頃、日本は「みな、働け働け」の高度成長期に突入していた。祖父もご多分に漏れず、二十四時間、三百六十五日、昼夜休みなく働いた。その甲斐あってか、六十歳で無事、定年をむかえることができた。祖父の人生にとってたいへんだったのは、戦後働いた三十年間だったのかもしれない。たった四年間の戦争は、きっとたいしたことではなかったのだろう。私はずっとそう思っていた。

が、祖父が突然立ち上がった姿を見て、私は涙を抑えることができなかった。祖父は忘れていたのではなかったのだ。いや、忘れていたどころか、きっと片時も考えずにはいられなかったのにちがいない。そうでなければ、もう死ぬという最後の最後になって、意識ももうろうとしている中「戦わなくっちゃ」と言って、立ち上がったりできるものではない。

ニューギニアから帰って来られた兵隊さんは、ほんの少しだ。

――自分は栄養失調になって、ろくすっぽ戦いもせず、おめおめと生きて帰ってきたのだ。あの時、ニューギニアに向かう船に乗り、一緒に語り合った山本くんも、石田くんも、原口くんも、みんな戦死した。手垢でボロボロになった白黒写真を手に「これが母ちゃん、これが妹だ。妹はまだ小学生なんだ」と教えてくれた田中くんだって、砲弾に当たって戦死してしまった。彼らだって、みな好青年で夢も希望も未来もあった。彼らだって、僕みたいに九十歳まで生きる権利は十分あった。なぜ……、なぜ彼らは、二十代という、人生まさにこれからという時に死ななければならなかったのか。なぜ、僕だけが生きることになってしまったのか。

「生きて、すまん。今、毎日こうして、白い握り飯を食って、ほんとうに申し訳ない」

こんなふうに考えだしたら、胸は張り裂け、気は狂いそうになる。そして、最後には何も語りたくなくなる。

生きて帰ってきた兵士たちも死ぬまで苦しむのだ。「生きる」という、本来ならば当然ともいうべき「喜ばしい、素晴らしい行為」にどうしようもない罪悪感をいだく。

「生きていたらいけない」「僕も死ぬまで戦わなくっちゃ」

このトラウマに一生苦しめられるのだ。

参考文献

『愛の統率　安達二十三』小松茂朗　一九八九・一・一三　光人社
『米軍が記録した　ニューギニアの戦い』森山康平　一九九五・八・一五　草思社

安《あ》喰《じき》善《ぜん》作《さく》

昭和のはじめ、東北地方は何年にもわたる冷害が続き、農家の暮らしは悲惨なものだった。子どもたちは、ろくな食事もとれず、大根をかじっては飢えをしのいでいた。村のあちこちに「娘身売り相談所」が設けられ、十七歳前後の若い娘たちが、家の借金返済のため東京の芸娼妓に売られていた。両親は「明日はいったいどうやって食い繋ごう」と夜毎に話し合い、途方に暮れていた。それほど貧しい毎日だった。

そんな時、郵便配達をしていた志げの夫が病で死んだ。五歳の息子善作と志げを残して……。

その日から、母子の生活は貧しい生活から極貧の暮らしに一変した。志げは歯をくいしばり、かかとでふんばって頑張った。なにがなんでも、どんなことをしてでも、必ず、必ず、善作を立派に育てようと。

その頃、自分の田畑を持てない農民が生計を立てるのは容易ではなかった。まして、女一人では不可能に近いほど難しかった。

志げは手間賃を稼ぐため、朝は早くから近くの農家に行き、田植えや草取りを日がとっぷりと暮れるまで手伝った。夜は夜で針仕事を請け負い、寝る暇も惜しんで必死に働いた。志げは三度の食事を一度に減らし、成長期の善作にまわした。少しでも多くメシを食わせれば、それだけ善作の背も伸び、立派な青年に成長すると思ったからだ。その姿を目に浮かべれば、自分の食事を減らすことくらい、なんということもなかった。

そうは言うものの、母子二人の暮らしは少しも楽にならなかった。雪国では十一月から三月の冬場、炭焼きといって伐採した木を窯で焼き、木炭を作っていた。できあがった木炭は、俵にして遠い集積所に運ぶが、山中の窯から馬車が走る通りまでは、人が背負って運ぶしかなかった。

善作は高等小学校（尋常小学校終了後に通う二年間の学校）に入ると、炭焼きの人にその炭俵運びをやらせてほしいと頼み込んだらしく、日銭を稼ぐようになった。学校が終わると、炭俵二つを背負い、窯と通りの間を四往復する。ゴム長靴のような高価な履物はもちろん買ってやれなかったから、志げが夜鍋して編んだ藁沓《わらぐつ》を履いた。冷たい雪が藁沓の編目から滲み入り、足袋を履いていない善作の素足はあっという間に凍えてしまっただろう。

家に帰って来ると、真っ赤に膨れあがった足先を囲炉裏に当て、温めていた。

善作が高等小学校を終えると、志げは善作と一緒に近所の農家に行き、農作業を手伝った。農閑期に入ると、善作は道路工事を請け負って日銭を稼いだ。二人して働きに働いた。

昭和十七年、次第に軍事色が濃くなってきた。貧しい農家では、十代の食べ盛りの少年たちが「俺《おら》がいなければメシを食うやつが一人減り、家が楽になるべい」と考え、自ら兵隊に志願するようになった。志げの村でも、若い男たちは根こそぎ兵隊にとられた。いつかは善作も……と思うと、志げの胸は張り裂けそうになった。そして、いつしか「なぜ安《あ》喰《じき》の息子は若《わけ》えのに兵隊に行かねえだっぺい」と囁かれるようになった。

ある晩、吊るしランプの下で、志げが背中を丸め、針仕事をしていると、囲炉裏端で根っこを突ついていた善作が、もそっと言った。

「おっかあ、俺《おら》、兵隊に行くべいと思うんだが……。おっかあ一人にしてよかべいかあ」

——ついに……。

志げは泣くまいと奥歯にぐっと力を入れた。善作に心の動揺を悟られないようういつもの声を出すのがやっとだった。

「いかぺいよ。おっかあ一人でもなんとかやるから。しっかり奉公してきなあ……」

突然、善作が「おっかあ」と泣きながら胸に飛び込んできた。志げは堪《こら》えていたが堪えきれず、善作と抱き合って一緒に泣いてしまった。

その晩は二人して床を並べた。二人ともなかなか寝つかれなかった。だが真夜中を過ぎ、善作の寝息が聞こえてくると、志げは善作の傍らに正座をし、寝顔を覗き込んだ。涙がぽたりぽたりと膝に落ちた。そっと善作のほほに手を触れた。

――おっかあの稼ぎが悪いばっかりに、貧乏でひもじい思いをさせて悪がったなあ。辛がったべいなあ。おまえが小学校四年生の時に、おっかあが字も読めず書けもしねえからて、ひらがな教えてくれだっけな。おっかあのもの覚えが悪いから、ふくれたりしてだな。だげど、次の日また思いなおして、根気よく教えてくれだっけな。ありがとうなあ。二人して農家の手伝いに行った時は、暑くてかなわんがったなあ。だげど、終わった後の深井戸の水は冷たくてうまがったべ。あん時のおまえの嬉しそうな顔ったらながったべ。

そして十七年春。長くて厳しい冬が終わり、ようやく柔らかい日差しが降り注ぐようになった。いつもは閑散としている小さな駅に、今日は大勢の村人が集まっている。善作の出征を見送りに来てくれたのだ。

善作が村人の前で敬礼する。言葉は交わせなかったが、目と目が合った。十七年間一緒に暮らしてきた息子だ。善作がどんな気持ちでいるかぐらいは痛いほど分かった。善作の口元がかすかに震えた。

——善作……。

善作を乗せた汽車が静かに走り出した。志げが越えたことのない山々にむかって、しだいに小さくなっていく。朝靄《あさもや》と木立ちに見え隠れしながら、さらに小さくなり、そしてついに見えなくなってしまった。後には、まるで汽車が通ったことなど嘘のように、朝靄がそのまま残っていた。

善作のいない日々が始まった。朝、おはようと言う相手がいない。善作のいないちゃぶ台で一人、朝メシを食う。農家の手伝いに行く。昨日までは善作と一緒に歩いた畦道を今日は一人で歩く。一緒にしていた農作業も今日は一人だ。夕暮れ「おっかあ、夕日がきれいだべなあ」と目を細めていた善作は、今日はもういない。毎日、毎日、思うことは善作のことばかりだ。善作が脱いでいった着物は、洗濯もせずそのまま畳んである。善作のにおいがまだ残っているからだ。そっとほほに当て、においをかぐ。

——善作、どこにおるか分がらんが、苦労してねえといいだべなあ。腹いっぱいとは言わねえが、ひもじい思いしてねえといいだがな。

志げは次第に元気がなくなってきた。今までは、善作が農家の手伝い、炭俵運搬、道路工事と肉体労働を一手に引き受け、日銭を稼いでくれた。その善作がいなくなってしまったのだ。東北の厳しい冬の中、志げ一人の力では体力に限界があった。そして、十八年十二月、善作が入営して二年が経過しようとしていた。ある寒い朝、志げは静かに息をひきとった。

それから三ヶ月ほどして、志げのもとに一通の手紙が届いた。志げが毎日手伝っていた農家のおかみさんが、志げに代わって開封した。

——私は東部ニューギニア（現パプアニューギニア）の野戦病院で、安喰善作上等兵の横に床を取っていた岩谷という者です。安喰上等兵は十八年十二月、戦病死されました。最期は、故郷に残してきたお母様を思いながら、小さな声で「誰か故郷を想わざる」という歌を口ずさみ、そしてさらに小さなかすれた声で「おっかあ」と呼ぶと、そのまま息をひきとられました。安喰上等兵の薬指のご遺骨と遺品です。

遺品は、石が二つと善作の手紙だった。

——おっかあ、俺《おら》は今、南の国でマラリアという病気にかかっている。早く死ぬかもしれん。おっかあといつか海を見ようなあと約束してだが、一緒に行けなんだな。ここの海の石だべ。おっきい方はおっかあ、ちっさい方は俺《おら》だ。父亡き後、十九年も育ててくれてありがとう。ありがとう。なのに、俺《おら》はおっかあになもしてなんだ。すまなかったよう。許してくんろ。

「おっかあ」の「かあ」の字と「ありがとう」の「あ」の字が、ひときわ大きな字で書かれてあった。

故岩谷壽春様（東北出身、愛知県住、享年九十四歳）が書かれた『誰か故郷を想わざる』に心打たれ、この作品を書きました。この度、岩谷様に内容、方言のチェックをしていただきました。ありがとうございました。

日常

じいと少年

「おーい、おーい」

声のする方に目をやると、八十歳は優に越えているであろう一人の老人が、なにやら大声でわめいていた。

ここは私が毎夕利用する私鉄電車の中だ。この電車は、東京都内では珍しいたった五両しか繋がっていない短い鉄道だ。四季折々の花が咲き連なる神田川沿いをのんびりと走る。春は溢れんばかりの満開の桜、夏は青、紫、ピンク、色とりどりの紫陽花、秋は桜の葉が色づく紅葉と一年を通して、ずっと乗客を楽しませてくれる。

おばあちゃん、母親、赤ちゃんの三人連れが腰かけている。赤ちゃんは初孫なのだろう。おばあちゃんは、細い目をこれ以上細められないほど細め、まん丸い顔をさらにまん丸くし、赤ちゃんの髪をなで、小さな手を握り、嬉しそうに膝に抱いている。隣に腰掛けている母親に遠慮なくポンポン話しかけているところをみると、母親はお嫁さんではなく、おそらく娘なのだろう。赤ちゃんが窓の外に目をやり、アッアッと言う。大事なお姫様だ。おばあちゃんも母親もすぐさま車窓を覗き、満開の桜が紙吹雪のように散っている様を見て、まあ、きれいという顔をする。と同時に、この子はまだ赤ちゃんなのに外の景色に気づくなんて、なんて利発な子だろうと満足げな顔になる。

その隣には、背広を着たサラリーマン風の若い男性が居眠りをしている。一日中、営業業務で歩き回り、疲れたのかもしれない。春の麗《うらら》かな日和にうとうとと眠くなってしまったようだ。自分が降りる駅に着いても気づかないのではないかと思われるほど、ぐっすりと眠っている。

その隣には、学校帰りと思われる制服姿の男子高校生五、六人が集まっている。毎日ここを通《とお》っているため桜には飽きたのか、もともと花なんぞに興味がないのか、外には目もくれず、各々の持っているスマートフォンを見せ合って笑っている。授業が終わって気の合う仲間と一緒に帰るひとときは、一日のうちで最もホッとする楽しい時間にちがいない。

「おーい、おーい」

さっきの老人のわめき声だ。浅黒く日焼けした顔に皺が深く刻まれている小柄なこのおじいさんは、優先席にチョコンと腰掛けている。背中を丸め、顔だけをあげると、まるで小亀のような恰好で、さっきからずっと騒いでいる。どうやら、誰かを呼んでいるようだ。

　おじいさんの目線の先に顔をむけると、5メートルほど離れたところに、背が高く、横幅もがっちりとした大きな青年が立っていた。髪の毛を金色に染め、腰にジャラジャラと流行のチェーンを巻きつけて、お尻が半分見えそうなズリ落ちたジーンズを穿いている。目いっぱいカッコつけている高校生のような、青年というよりはむしろ大きな少年だった。

「なんだよォ」

　突然、怒ったように少年が振りむいた。電車の中は一瞬にしてシーンとなってしまった。おばあちゃんと娘からは笑顔が消え、目玉だけが少年の方をむいた。サラリーマンは目を開け、耳だけをそば立てると、再び目をつむって寝たふりを装った。賑やかだった高校生たちはピタッと談笑を止め、興味と恐れに満ちた目で少年を凝視した。みんな、これから何ごとが起きるのだろうと息を呑んだ。

「鍛練会は、いつだったかのう？」

　おじいさんは耳が遠いからなのか、少年が離れたところに立っているからなのか、これまた車中に響き渡るようなでっかい声で叫んだ。

「知らねえよ」

少年はとっても嫌そうに答える。おじいさんは、不機嫌に対応されたにもかかわらず、怒った素振りを見せるでもなく、すっきりとした表情で平然と構えている。口を真一文字にキッと結び、まっすぐ前を見ているその姿は、まるで、いっさいの雑念から解放されたお釈迦様のようだった。

十秒ほどして、おじいさんはまた声をはりあげた。

「鍛練会は、いつだったかのう？」

今度は、少年は素知らぬ顔だ。

「鍛練会は、いつだったかのう？」

少年は中吊り広告を瞬きもせず熱心に見つめている。

「鍛練会は、いつだったかのう？」

とうとう少年は根負けして答える。

「知らねえよ。だいたい、タンレン会って何《なん》なんだよォ？」

「おまえの運動会じゃねえか」

少年は目を見開き、眉をひそめ、この上ない迷惑だという顔になった。そして、大きな大きなため息を一つつくと、小さな小さな声で、

「そんなこと、今言うことじゃねえだろ。アッタマおかしいんじゃねえの？」

とゴニョゴニョ言い、うつむき加減に金髪をかきむしった。

　電車が止まった。彼らが降りる駅のようだ。少年がサッとおじいさんのそばに近寄り、大声で一言。

「じっちゃん、行くぞっ」

　おじいさんはアイヨッと返すと、少年が差し出した大きな手をしっかりと握った。そして、ヨッコラショッと引き上げてもらうと、ぎゅっと手をつないだまま、ゆっくり電車を降りて行った。

弟だもんな

僕の隣に少年が座った。

ここは東京、山手線の車両内。空《あ》いている席も吊り革もなく、立っている客も隣の客と肩が触れそうになるくらい込んでいる。

少年は十歳ほどだろうか。外遊びが好きなのか、真っ黒に日焼けしている。ポロポロと皮がむけている鼻のそばで、いたずらっぽい目がクリクリッとよく動いた。少年らしい少年だ。僕が子どもの頃だったら、悪さばかりして先生に叱られ、いつも廊下に立たされているタイプだろう。膝の上に二歳くらいの弟を抱いていた。

――めずらしいな。

子どもが子どもの世話をする光景、昔は日常茶飯事だったが、最近はあまり見かけない。とくに都会の東京では……。

はじめのうち、半分赤ん坊のような弟は、少年にむかってキャッキャキャッと喋ったり笑ったりして陽気に振る舞っていた。が、ふと気がつくと、いつの間にか静かになっている。どうやら、少年の腕の中で眠ってしまったようだ。瞼が半分閉じ、手足がぶらんとしている。少年は弟の顔を覗き込み、重たい頭がカクンとならないよう腕で支えたり、弟の足が隣の人のズボンに触れて汚したりしないよう弟の足を自分の方に引き寄せたり、マメマメしく世話をしていた。

——初めてじゃないな。

僕はそう直感した。

——時々、こんなこと、しているんだろうな。

「とうきょう〜、とうきょう〜、お降りの方は〜」

電車が東京駅のホームに滑り込んだ。少年たちの母親が、少し離れた所から人込みを掻き分け、慌ててやって来た。そして、歯切れよくひと言、

「降りるわよ」

と放った。

少年は弟を抱きかかえ、急いで電車を降りホームに立った。僕も降り立った。

見ると、この親子三人はこれから帰省でもしようというのか、母親は大きなスポーツバ

ッグを二つ抱え、リュックサックをしょい、さらに土産の入った紙袋まで提げていた。

「そんな顔しないで、抱っこして来てよ」

母親が厳しい口調で言う。

——そうだ。これと同じ場面、前にもあったな。僕もそうだった。小さい頃、田舎で……。


「ぶつくさ言わねんで、抱いでやなが」

おっかあと弟とおらの三人で野良仕事に出かけた帰りは、いつもこうだった。五歳の弟はチョコチョコとよく手伝ってはくれるのだが、野良仕事が終わって、さあ帰ろうとすると、必ず「疲れだ」「眠ぷて」と言ってだだをこね、歩こうとしなかった。

「たけし、抱っこしてやなが」

おっかあが怖い顔して言う。仕方なく、ぐずぐずしている弟を抱き上げる。すると、どうだろう。今抱き上げたばかりだというのに、もう静かになっている。おらの腕の中で寝入ってしまったのだ。スースーと気持ちよさそうな寝息が聞こえてくる。弟の体がずしりと重く感じる。心地よさそうに眠っている弟の寝顔を見ると、無性に腹が立った。鼻をギユッとつまんで泣かしてやりたくなった。

――おらだって疲れでるんだよ。おまえのことなんか抱いで、あさぎたぐない《あるきたくない》。だが、それはおっかあには言えなかった。おっかあの方が、おらよりも野良仕事うんといっぱいいして、おらよりもうんといっぱい疲れているはずだ。それに今、おっかあは鍬《くわ》だ鋤《すき》だといっぱいかついで、弟の体よりずっと重い物を持っている。弟を抱いてやれと言うのは、おらに軽い方を持てというおっかあの優しさなのだ。

――よぐ分がってる。ばって……。

おらは歯をくいしばった。おらの不満をぶつけるところはどこにもなかった。

――なして弟なんだよ。なしておまえが次で、おらが先に生まれできたんだよ。こんな時、おらに、もし兄《あん》ちゃんがいたら……。弟でなくって兄《あん》ちゃんだったら、おらの手ェ引いて歩いでくれだがもしれね。よく手伝ってくれだなって優しい言葉かけでくれだがもしれね。兄《あん》ちゃんだったら、どったがさ、いがったが……。

顔をあげると、おっかあはもう歩き出していた。ずっと先の方を歩いている。こんな日の落ちた暗い畦道で、おいてきぼりを食ったらたいへんだ。こんな寂しい道、おっかかなくって一人では絶対帰れない。弟の顔を覗き込む。半分口を開き、何の心配ごともない安心しきった顔で、おらの肩に頭をのせていた。

――今ここで置き去りにしたら、目が覚めだ時、おっかあ、おっかあって気が狂ったように泣くべな。走り回って田んぼに落ぢでまるかもしれね。んや、その前に野良犬に食《く》われでまる。

そんなことが、一瞬にしておらの頭の中を駆け巡った。もう一度、弟の顔を覗き込む。さっきと同じあどけない顔をして眠っている。いつの間にか、小さな手でおらの着物の襟をぎゅっと握っていた。

――仕方ねぇべな。弟だもんな。

おらは弟を支えている腕にぐっと力を入れると、そのまま歩き出した。


――同じだ。

少年たちの母親は大荷物を抱え、もう歩き出していた。少年は、こんな人の多いごちゃごちゃした東京駅で、おいてきぼりを食ったらたいへんだ。こんな喧騒な駅、おっかなくって一人では絶対動けない。

少年は顔を歪め、泣き出しそうになった。が、次の瞬間、ぐっと目を見開くと、弟を抱えたまま歩き出した。

僕は、先を行く母親と、弟を抱いて母親を追う少年を見つめた。後姿が見えなくなるまで目を離さずに、ずっと……。

——少年、がんばるんだぞ！　兄《あん》ちゃんなんだから。

（方言指導　佐藤真由美）

子育ての醍醐味

入学式

四月。桜の花はいつの間にか散ってしまい、その後にはピカピカ光る新緑の芽が勢いよく伸びてきた。木々のむせ返るような香り。初夏を思わせるような強い日差し。

四月七日、中島卓也は都心の郊外にある公立中学校に入学した。今日はその入学式だ。カチッとした真新しい紺のブレザー、アイロンのきいた真っ白いワイシャツ、えんじとブルー縞のネクタイ。革靴。つい数週間前までは、Tシャツにジーパン、スニーカーというラフなスタイルで小学校に通っていた。制服を着ているというよりは、制服に着られているといういでたちだった。

由美子は入学式が行われる体育館の保護者席に腰掛けていた。卓也の姿を眺め、嬉しい気持ちと、どこかくすぐったい気持ちとが入り混じった不思議な感情の中にいた。

――この前生まれたばかりと思っていたのに、もう中学生か……。

そんなことをぼんやり考えているうちに入学式は終わってしまった。式後は、子どもたちは教室に入って担任の先生からこれからの学校生活について話を聞くらしい。保護者は解散。小学生の頃だったら、子どもたちが教室から出てくるのを校門で待って、一緒に帰ったものだった。が、今はもう中学生だ。母親と一緒に帰らなくてもいい。一緒に歩く機会もこれからは減るんだろうな。そう思うと寂しい気持ちになった。先に帰宅した。

しばらくすると、卓也が帰ってきた。開口一番、卓也がこんなことを口にした。

「中村ってすっごく太ってる子なんだよ。百キロはあるよ。絶対に」

嬉しそうだ。一番初めに言葉を交わした友だちらしい。入学当初は出席番号順に机が並べられるのだろう。卓也の苗字が中島。中島と中村で席が前後しているにちがいない。

「じゃあ、背が高いんじゃないの？」

「百六十くらいかな？」

「そう、じゃあ、ちょっと重いかもね」

「ちょっとじゃないよ。メッチャ重いよ。メタボだよ、メタボ。あいつ。絶対、太りすぎ。でも、大人しくって優しそうな子だよ」

「そう、良かったわね。仲良くしてね」

卓也が中村くんのいいところにも気づいていた様子なので、由美子は内心ホッとした。それに卓也は今まで、太っているとか、背が低いとか、そういったことで友だちをからかったり、いじめたりすることはなかった。由美子は他人の心を思いやるように、心の傷が分かるように、と口をすっぱくして言ってきたつもりだった。勉強ができなくたって、テストの点が悪くたって、優しい心を持つことが何より大切、とそう思って躾けてきたつもりだった。

中村くん

中村くんとは家が同じ方向らしく、入学式以来、度々一緒に帰って来ているようだった。

「ナカのお父さん、病気なんだって」

いつの間にか、中村くんのことをナカと呼ぶようになっていた。それほど仲良くなったようだ。

「まあ、それは心配ね」

「ずっと入院してるんだって」

「たいへんじゃないの」

由美子は、この後どう話をもっていったらいいものか思いあぐねていた。すると、卓也の方から続けてくれた。

「高三のお姉ちゃんもいるんだって」

「まあ、お姉ちゃんがいるの？」

「大学行きたいんだって」

「あら、偉いじゃないの」

「でも、ナカは姉ちゃんが働いてくれるといいんだけどなって言ってた」

「そうなの？」

「だって、ナカんち貧乏だから、ナカのお母さんも大学なんか行かないで働いて欲しいんだって」

一瞬、返事に詰まった。卓也が初めて「貧乏」という言葉を使ったからだ。それも、花咲か爺さんのような昔話に出てくる貧乏ではなくて、身近な人に対する貧乏だった。それに、少し前まで、息子たちは小学生で、誰々くんちが金持ちとか貧乏とか、そういったものさしで人を見ることはなかった。由美子はうろたえる心を抑え、とりあえず貧乏という言い方はやめなさい、とだけ注意した。卓也はびっくりした顔になって、

「じゃあ、なんて言えばいいのさ」

と問い詰めてきた。

「もし、それが本当なら、裕福でないとか、贅沢はしていないとか、せめてそういうマイルドな言い方にしなさい」

とだけ言った。


次の週、クラスの保護者会があった。初めての中学、初めてのクラスだ。由美子は緊張する心を抑え、教室に足を踏み入れた。すると親の席が出席番号順に準備されていた。そして、気の利いたことに、机の上に名札まで立てられていた。お隣を覗く。「中村」。

――ああ、この方が卓也がよくナカ、ナカって話している中村くんのお母さんなのね。

挨拶をしようかどうしようかと迷っていると、むこうから声をかけてきた。

「卓也くんのお母さんですか？」

「は、はい」

――息子の下の名前を知っている。中村くんが、おうちで卓也くんといって、息子の話をしている証拠だ。

「いつも、息子がお世話になっています」

「え、いえ、こちらこそ」

先手を打たれ、由美子はしどろもどろになった。

「卓也くんが仲良くして下さるので、明人は毎日、喜んで学校へ行っています」

——明人くんっていうのか。こちらは初めて知った。毎日、喜んで学校へ……、太っているから、いじめられたりするんじゃないかってお母さん心配で心配で仕方ないんだろうな。分かるな、その気持ち。

「うちも、明人くんが仲良くして下さるので、ほんとうに助かっています」

ありきたりの応対になってしまった。


保護者会があった数日後、由美子は近所のスーパーに買い物に出かけた。ここは大型スーパーで、ホームセンターで売られているような日曜大工用品が並べられている。地震対策のつっかえ棒を探しに出かけたのだが、商品が多すぎて、しばらくウロウロと店内を歩くことになってしまった。ふと目をむこうへやる。どこかで見かけた顔の女性が、モップで床磨きをしていた。ユニフォームを着ているから、このスーパーに雇われている掃除の方なのだろう。目を凝らしてみた。中村くんのお母さんだった。スーパーでお掃除……。以前、卓也が貧乏と言っていた言葉が蘇ってきた。やっぱり、いろいろとたいへんなんだろうか。私は買い物をする人。中村さんはお掃除をする人。なんとなく気まずくなって、声もかけず、逃げるようにしてその店を出てしまった。

その矢先だ。卓也がこんなことを話したのは。

「ナカのズボンがパンパンなんだよ」

ニヤニヤしている。

「パンパンってどういう意味？」

由美子は卓也のニヤニヤが気になって、少し険しくなった。

「太っているからパンパンなんだ。ズボンが小さいんだよ。もう、破けそう。いや、腰ンとこなんか、もう破けてるかも。みんなで、新しいズボン買えよ、買えよって言ったら、ナカ、泣いちゃった」

パーン！

ここで由美子の平手が飛んだ。卓也のことを初めて叩いた。

「どうして、そんなかわいそうなこと言うの？　中村くんのところはお金が無いって知ってるでしょう。この前、自分で貧乏って言葉まで使ってそう言ったじゃない。小さなズボンを穿いているのは、大きなズボンが買えないからでしょう。どうして、そんな簡単なことが中学生にもなって分からないの。どうして、そんな残酷なこと言うの。こういう他人の心を傷つけるようなことを言う子、お母さんは大っ嫌い」

由美子は一気にまくしたてた。ハッキリした言葉で言わなければ、伝わらないと思った。卓也は一瞬驚いた顔になったが、すぐさま下をむき、由美子と目を合わせず、由美子がまくし立てている間、ブスーッとしてずっと下をむいていた。が、急に立ち上がると、物も言わずぷいっと部屋から出て行ってしまった。

――他人の心を思いやるように、心の痛みが分かるように、人の心を傷つけるな、とあれほど言ってきたのに、まったくムカムカすることを言ってくれたものだ。卓也の価値観はいったいどうなってしまったんだ。今まで躾けてきたことが何の実にもなっていなかった。何にも伝わっていなかった。

そう思うと、息子に対してだけではなく、自分に対しても苛立ちがつのり、つくづく情けなくなってしまった。

五月

五月に入った。下旬には運動会があるらしい。昔は運動会といえば秋が定番だったが、近頃は春に行う学校も多いようだ。

卓也は足が速かった。勉強苦手、運動得意。昔風でいうと典型的なガキ大将タイプだ。百メートル走、最近の記録では市内で五位に入っていた。それほど速かった。

ここの中学校の運動会の目玉競技は、クラス対抗全員リレーと卓也が言っていた。文字通り、男女含めクラス全員が参加してクラスで競うリレーだそうだ。クラスはA組からD組まで四クラス。生徒が走る順番は、クラスごとの作戦で、リレー作戦係が自由に決めていい。速い人を最初のスターターにもってきてもいいし、最後のアンカーにもってきてもいい。男女交互に走ってもいいし、前半に女子をもってきて、後半男子が走ってもいい。とにかく、どういう順番でもいいから必ず全員が走るという競技だ。そして、クラスで一番速い人には特典があって、その人だけは作戦係の指示を受けず、自分が何番目に走りたいか自由に決めることができた。

——卓也は市内で五位なのだから、公立中学校のクラスの中では、きっと一番速いのだろう。何番目を希望したのだろうか？

目立ちたがり屋の息子の性格を思うと、たぶん一番最初のスターターか最後のアンカーだ。小学校のリレーでは、アンカーばかりだった。そしていつも競馬の馬のように、後ろからごぼう抜きをして、一位のテープを切りヒーローになっていた。きっと中学でもヒーロー気分を味わうつもりだろう。卓也のクラスはB組。青いハチマキと青いバトンだ。

運動会

いよいよその日がきた。

「よーい」、パーン。

ピストルが鳴った。スターターを見る。

――あれっ？　卓也じゃない。じゃあ、きっとアンカーだ。

みんな真剣に走っている。そりゃそうだ。クラス対抗だもの。声援もハンパじゃない。

「ひろしー、いけー、いけー」

「よっしゃー、しゅん、めっちゃ速いぜ」

「りなちゃーん、がんばってー」

「しんじー、ファイトー」

盛り上がってきた。青のB組は先頭を走っている。二位との差は五メートル。このまま最後まで突っ走れば一位だ。ずっとキープできるか。青いバトンが次の走者に渡った。第二走者。

——あっ、中村くんだ。

百キロの体重。目を三角に吊り上げ、必死に走っている。が、かわいそうだが遅い。あっという間に二位の子に抜かされてしまった。

「おい、中村、なんだよ、あいつ」

「あいつ、ふざけんなよ」

——中村くん、真面目に走っているのに、かわいそう。お母さん、見に来ているんだろうな。こんな罵声聞いたら、いたたまれないだろうな。

しかし、中学生の男子ともなれば、口は悪くなっている。どんどん抜かされ、最後は女子にも抜かされてしまった。

「おい、中村、あいつ何《なん》なんだよ」

「あいつのせいでビリかよ」

散々言われている。中村くんが真っ赤な顔をして、やっと一周走り終えた。青いバトンが次の走者に渡った。

――あっ、卓也だ。

目を三角に吊り上げ、猛スピードで走り出した。カモシカのような足をフル回転し、無駄のないきれいなフォームで走っている。速い、速い。メッチャ速い。あっという間に一人抜かした。

「おお、たくやだ」

「メッチャ、はええじゃん」

「まじ、たくやかよ」

「たくー、いいぞー」

「キャー、たくー、かっこいいー」

「たくー、いけー、いけー、もっと抜かせー」

息子はどんどんスピードをあげ、二人、三人と抜かした。そして、あっという間に先頭に抜きん出た。

「やったー、B、一位だぜ」

「よっしゃー」

校庭中が沸き立った。みんな卓也に夢中になっている。たくやー、たくやーの大声援だ。

もう、誰も中村くんのことは言っていなかった。

――卓也、やるな。あの時のメッセージが届いていたんだ。

卓也のこの優しさは、たぶん中村くんと由美子にしか分からない。子育てをしていて、一番嬉しい瞬間だった。

おともだち

——さて、今日は何をしよう？

読書の秋、スポーツの秋、食欲の秋。秋は活発に動きたくなる実り多い季節だ。だから、週末毎の僕の休みは予定でびっしり詰まっている。イベント参加、ラグビー観戦、同窓会打ち合わせ等々。今日だって、友人と今開催中のルーヴル展の名画を観に行こうと約束していたのだ。だが昨晩、急に都合が悪くなったとキャンセルの電話がかかってきた。今日は、突然ぽっかりと空《あ》いた休日になってしまった。

ふっと窓から外を見る。抜けるように高い青空。ほんのり色づいた桜や銀杏の葉に朝日が当たって光っている。

——家でくすぶっているのはもったいないな。

僕は朝食を済ませると、そそくさと散歩にでかけた。

爽やかな風を頬に感じる。各家の塀からつき出ている庭木を眺めながら、自分のペースで歩いてみる。二軒隣の奥さんがトレーニングウェアを着て、競歩でもしているのか、むこうからズンズンやってきた。軽く会釈をする。休日の朝をこんなふうにして過ごすのもなかなかいい。

ひとブロックほど歩く。あっちの方からワーワーと子どもたちの元気のいい声が聞こえてきた。そして、それに合わせるように、クシコス・ポストの軽やかなメロディーも景気よく流れてきた。

――ああ、今日はさくら保育園の運動会なんだ。ちょっと覗いてみるか。

小さな園庭に、子どもたちが丹精こめて作ったであろう旗がところ狭しとはためいていた。そして、園庭の中ほどには白いラインが何本も引かれ、その周りをお父さん、お母さん、おじいちゃん、おばあちゃんがぐるっととり囲んでいる。みんなニコニコしながら大声を出し、手を振り回して応援している。運動会の熱気ムンムン、雰囲気は絶好調に達していた。

「次はプログラム七番。五歳児による徒競走です。みんな、がんばって走りましょう」

若い女の先生が明るい声でマイクにむかっている。

「よーい」

四人の子どもたちがスタートラインに立ち、構えた。

「ドン」

ドンのところはピストルではなく、先生が小さな太鼓を叩く。

――ははは、かわいいな。ピストルじゃあ、子どもたちがびっくりするからな。

太鼓の音に合わせて、子どもたちが一斉にワーッと走り出した。みんな真剣な表情だ。

――へえ、五歳ともなると案外速いんだな。

「よーい、ドン」

「よーい、ドン」

次から次に走っていく。

――気持ちいいなぁ。みんな、元気だなぁ。おっ、もう最後のグループか。

「よーい、ドン」

その瞬間、僕の目はそのレースに釘付けになってしまった。いや、正確にいうと、その子に釘付けになってしまった。

その男の子は、ぴょこたん、ぴょこたん歩いていた。足でも怪我しているのか。僕は目を凝らした。義足だった。その子だけが長ズボンを履いていたが、ズボンの裾からは硬いものが見え隠れしていた。他の子どもたち三人は、もうゴールインしてしまっている。トラックに残されているのは、たった一人、その子だけだった。

「さとしくんっ！　がんばっててっ！」

マイクで先生が応援する。さとしくんは、目玉が飛び出そうなほどカッと目を見開き、瞬きもしないでゴールを睨みつけている。そして、ぐっと歯をくいしばると、倒れないよう一歩一歩慎重に進んでいく。

「さとしっ！　がんばれよっ！」

きっと一番仲のいい友だちなのだろう。一人の男の子が、ラッパ型にした両手を口に押し付け、脇から声をかけた。すると、その一声に押されたのか、五歳児の子どもたち全員が口々に叫びだした。

「さとしくーん、がんばってー」

「さとしー、いけー」

そして、さらに驚いたことには、僕の足元に座っている三歳児くらいの小さな子どもたちまでもが、先生に指示されたのではなく、誰かから何か言われたのでもないのに、自ら立ち上がって

「ちゃとちくーん、ちゃとちくーん、がんばれー」

と声を出し始めたのである。いつしか、園庭はさとしくんを呼ぶ声でいっぱいになった。

僕はふと後ろを振り返った。お母さんなのかもしれない。一人の女性が涙をぽろぽろ流して泣いていた。お母さんだって、意を決して子どもを徒競走に出したのに違いない。だが、涙しているのはお母さんだけではなかった。そこに居合わせているほとんどの大人たちが涙ぐんでいた。

「さとしくんっ、あと少し。あと少しだから、がんばってっ!」

マイクを通した先生の声は金切り声になってきた。口先だけのおざなりの応援じゃない。

「先生、さとしくんのために、もいちどテープはろ」

そう言いながら、先にゴールした子どもたちがテープをのばした。

「さとしー」

「がんばれー」

「あきらめるなー」

「あと、ちょっとだぞー」

とうとう、さとしくんはテープを切った。

「やったー」

「さとしー」

「すごいぞー」

園庭中に歓声が沸きおこった。友だちがワーッと駆けよってきて、さとしくんに抱きついた。さとしくんも友だちに抱きついた。先をこされて抱きつけなかった子どもたちは、さとしくんの周りでぴょんぴょん飛び跳ねている。さとしくんも友だちと抱き合いながら、飛び跳ねたそうに膝を曲げたり伸ばしたりした。そして、目がなくなってしまうほど目を細め、顔をくしゃくしゃにして、やったー、やったーと声をあげている。友だちのくしゃくしゃになった顔と、さとしくんのくしゃくしゃになった顔が、べっちょり擦り合った。

「さとしくん、よくやったねー」

「さとしー、すごいぞー」

「さとしー」

「さとしー」

みんなの笑顔が、みんなの笑い声が大きく広がった。僕は胸をいっぱいにして、ただただ立ち尽くしていた。

新聞配達

ジャーン、お金が散らばった。

我が家の門前で、新聞配達の青年が集金袋を落としたのだ。晩秋の夕方、あたりは刻一刻と暗くなり、肌に触れる空気がひんやりとしてきた。

青年は、これはたいへんとばかりに地面に這いつくばり、お金を拾い始めた。買い物から帰ってきて、この光景に遭遇した私は「一円でも無くしたらたいへんよ」と言って、一緒に拾った。

お金を全部拾い集めると、青年は私の顔をまっすぐ見て「ありがとうございました」と一礼した。彼が自転車にまたがり、ペダルを踏み出そうとしたところで、私はスーパーの袋から饅頭をひとつ取り出し、彼に差し出した。

——今時、饅頭なんて……。

私は、青年はポケットにでも入れて、そのまま行ってしまうとばかり思っていた。ところがどうだろう。彼は自転車から降り、わざわざスタンドまでかけると、くるっと私に背をむけて、その饅頭をむさぼり始めたのだ。彼は恥ずかしいほどおなかが空いていたのである。

私は青年の後姿を見ながら思った。

——頑張ってね。あなたなら、きっとできる。

じっちゃんの笑顔

あっ、じっちゃんが来た
アイロンのきいた真っ白いワイシャツに
淡グレーのパリッとしたスーツを着ている

今日は、じっちゃんが卒業した小学校の
百三十周年記念式典だもんね
一張羅着て来たんだ

そういえば、ついこの前
じっちゃんは小学校の卒業証書をもらったんだったよね
卒業式が戦争でできなかったからだ

今日のじっちゃんは今まで見たこともないほど
よく笑って、よくしゃべっている
周りにいる人たちは同級生なのかな？

じっちゃんは農家生まれで
小学校しかでていない
その後はずっと野良仕事だ

僕たちは小、中、高、大とたくさん学校も卒業していて
小学校時代は、数ある学校時代のほんの一部だ

でも、じっちゃんにとっての小学校時代は
学校時代のすべてだね
それもきっと戦争で

子どもらしく遊んだ時間も少なかっただろう
みんなで校歌を歌った
じっちゃんの声が一番大きかったよ

あとがき

今年、六十になる。還暦だ。

六十になったら、今、流行りの自分へのご褒美ってやつで、思い出本を出そうとずっと前から決めていた。

その六十が、ついにやってきた。

思い出本なのだから、気心の知れたメンバーと楽しく作りたい。

絵は姪っ子に頼もう。何やら忙しそうだ。了承してくれるかな？

ある日、姪っ子に相談してみた。

あと少ししたら、おばちゃんはあの世に逝くでしょ。そしたら、十年くらいして千子《せんこ》ちゃんは自分のお部屋の押し入れを片づけるでしょ。そしたら、奥からこの本が出てくるでしょ。そしたら、あー、昔おばちゃんっていう人がいたなぁって思い出すでしょ。だから、お願い！

姪っ子はカラカラと愉快そうに笑っていたが、その場ですぐ快諾してくれた。

編集は文芸社の大ベテラン、横山勇気氏にお願いしよう。引き受けて下さるかな？お久しぶりに横山氏にお電話をかけてみた。私のことを覚えていて下さり、ぜひぜひご一緒にやりましょう、とその場ですぐ快諾して下さった。

思い出だったら、きっと、あちらの世にももっていけるんだろう。私の思い出作りにご協力して下さったすべての方に、ありがとう。

二〇二四年八月

高見けい

著者プロフィール

高見 けい（たかみ けい）

1964年生まれ　東京都在住
「人」大好き
文化人類学専攻
世界50ヶ国を一人で放浪し「人」を書く
受賞歴：第104回コスモス文学新人賞ノンフィクション部門入選「忘れられない配達員」
第３回旅と人生文学賞優秀賞「地図のない旅」
日本文学館エッセイ大賞審査員推薦賞「船上のピアニスト」
第６回文芸思潮エッセイ賞入選「僕も戦わなくっちゃ」
第８回文芸思潮エッセイ賞佳作「安喰善作」
著　書：『孤独な人ほど優しい』（新風舎）
『走れ！ リレー』（文芸社）

カバーイラスト

川越 千子（かわごえ せんこ）

2003年生まれ　宮城県出身、札幌市在住
高見けいの姪
人のために絵を描くのが好き

人が好き

2024年12月15日　初版第１刷発行

著　者　高見 けい
発行者　瓜谷 綱延
発行所　株式会社文芸社
〒160-0022 東京都新宿区新宿1－10－1
電話 03-5369-3060（代表）
03-5369-2299（販売）

印刷所　株式会社晃陽社

ISBN978-4-286-25716-7